Distribution: Messageries de Presse Benjamin
101, rue Henry-Bessemer
Bois-des-Fillion (Québec) J6Z 4S9

LES ENFANTS DE POSÉIDON

TOME 3

LE RETOUR DES ATLANTES

Livres déjà publiés

- *Les Enfants de Poséidon*, t. 2, *Les lois de la communauté*, Éditions La Semaine, 2007.
- *Les Enfants de Poséidon*, t. 1, *La malédiction des Atlantes*, Éditions La Semaine, 2007.
- *L'Empereur immortel* (série : Phœnix, détective du temps), Éd. du Trécarré (Montréal), 2007.
- *Histoire de gars* (Collection Intime), Éd. du Trécarré (Montréal), 2007.
- *L'Énigme du tombeau vide* (série : Phœnix, détective du temps), Éd. du Trécarré (Montréal), 2006.
- *L'Amour dans la balance* (Collection Intime), Éd. du Trécarré (Montréal), 2005.
- *Trop jeune pour toi* (Collection Intime), Éd. du Trécarré (Montréal), 2005.
- *À contre-courant* (Collection Intime), Éd. du Trécarré (Montréal), 2005.
- *Entre elle et lui* (Collection Intime), Éd. du Trécarré (Montréal), 2005.
- *De l'autre côté du miroir* (Collection Intime), Éd. du Trécarré (Montréal), 2005.

Sylvie-Catherine De Vailly

LES ENFANTS DE POSÉIDON

TOME 3

LE RETOUR DES ATLANTES

ÉDITIONS
LASEMAINE

LES ÉDITIONS LA SEMAINE
2050, rue de Bleury, bureau 500
Montréal (Québec) H3A 2J5

Éditeur: Claude J. Charron
Éditeur délégué: Claude Leclerc
Directrice des éditions: Annie Tonneau
Directeur artistique: Éric Béland
Coordonnatrice aux éditions: Françoise Bouchard
Concepteur: Dominic Bellemare

Directeur des opérations: Réal Paiement
Superviseure de la production: Lisette Brodeur
Assistants-contremaîtres: Valérie Gariépy, Joanie Pellerin
Mise en pages: Édiscript enr.
Réviseurs-correcteurs: Michèle Marchand, Roger Magini,
Lili Monier
Scanneristes: Patrick Forgues, Éric Lépine, Estelle Siguret

Illustrateur: Volta Création, Sara Pitre-Durocher

Photo: Marie-Claude Hamel
Styliste: Sylvy Plourde

Gouvernement du Québec — Programme du crédit d'impôt pour
l'édition de livres — Gestion SODEC.

© Charron Éditeur Inc.
Dépôt légal: Premier trimestre 2008
Bibliothèque et Archives nationale du Québec
Bibliothèque nationale et Archives Canada
ISBN: 978-2-923501-47-5

Résumé du livre précédent

Les enfants Cornwall, accompagnés de quelques-uns de leurs amis, sont parvenus à quitter l'île de leur enfance, Atlantide. Condamnés au processus de l'oubli par Poséidon lui-même, ils se sont enfuis à bord d'un sous-marin raie manta qui les mène en direction d'un ailleurs totalement inconnu de nos héros. L'engin programmé les conduit vers leur nouveau destin, vers ce qu'ils ignorent encore et ne soupçonnent même pas : la vérité sur leur naissance et le monde auquel ils appartiennent réellement.

La vérité sur un monde perdu et sans espoir ?

En accostant à Terra Nova, l'île qu'ils aperçoivent pour la première fois lorsque leur sous-marin fait surface après avoir navigué pendant de longues heures, ils découvrent rapidement un univers insoupçonné, des parents et une société étrange où les enfants n'ont pas leur place. Ces nouvelles découvertes sont les prémices d'une formidable aventure où mystères, complots et commandos secrets se donnent rendez-vous. Comment reprendre le cours de sa vie lorsque la réalité, notre réalité, nous est totalement étrangère?

CHAPITRE 1

— ... C'est alors que le Léviathan*, monstre belliqueux au corps énorme de serpent de mer, s'approche des plongeurs sans que ceux-ci détectent sa présence. Pourtant, cette bête immonde et gigantesque produit des vagues colossales responsables de lames de fond et de tsunamis qui dévastent tout sur leur passage, mais son corps lui permet également de s'approcher aussi près que possible de sa proie sans que celle-ci perçoive le moindre mouvement, la plus petite onde. Les plongeurs, totalement absorbés par leurs découvertes, ne se doutent pas un instant du danger qui les menace.

Pauvres enfants, ils n'ont même pas eu le temps de comprendre ce qu'il leur arrivait... La bête a surgi de nulle part et, d'un coup de gueule puissant, elle a engouffré d'une seule bouchée Abrial, notre précieuse Marélie ainsi qu'Audric et ses deux jeunes frères, Erin et Cyricus... Une horreur, une catastrophe, un malheur incommensurable. Une tragédie que l'on n'est pas près d'oublier, c'est sûr... Voilà, ma chérie, toute la vérité sur l'étrange disparition de nos chers amours... Naïs et toi avez eu beaucoup de chance de vous en sortir. La force d'attaque, associée aux courants marins de cet endroit, vous a propulsées hors de la zone d'agression. Nous vous avons retrouvées peu de temps après, inconscientes toutes les deux, reposant inertes sur des récifs coralliens. La brutalité et la force avec lesquelles vous avez été projetées n'ont, fort heureusement, pas eu de conséquences graves. Quelques ecchymoses, sans plus... L'hologramme de Mme Gloguen vacilla un instant comme une mauvaise transmission, avant de conclure: Nous ne voulions pas vous dire la vérité tout de suite; il était préférable d'attendre le bon moment...

Vaiata et Naïs pleuraient silencieusement au récit que venait de leur faire Mme Gloguen pour expliquer l'absence du frère jumeau de Vaiata, de Marélie et de leurs amis. Pendant quelque temps, la gouvernante était parvenue à éviter les questions à propos de la disparition de leurs proches, mais les jeunes filles, insistantes, étaient arrivées à lui arracher ce récit. Elles comprenaient maintenant qu'elles étaient les seules rescapées d'un désastre mortel. Une aventure qui avait tourné au cauchemar.

L'excursion, organisée pour aller à la découverte de l'épave d'un galion espagnol que les courants marins avaient fait resurgir des dunes de sable, avait rapidement tourné à la tragédie lors de cette attaque aussi brutale qu'inattendue du terrible et mythique serpent marin.

Ce n'était pas la première fois que Vaiata entendait des histoires d'horreur attribuées à ce monstre. Elle savait, pour l'avoir maintes fois entendu, que certaines plongées tournaient parfois au désastre et que leur monde, en dehors du dôme protecteur, pouvait être très menaçant. Aujourd'hui, le Léviathan ne faisait plus partie des légendes en circulation depuis toujours en Atlantide ; cette fois, il avait bel et bien engouffré sa famille et ses amis. Pendant longtemps, elle n'avait pas cru à son existence, raillant ceux qui naïvement le citaient en frissonnant, mais maintenant la bête qu'elle avait toujours considérée comme un mythe était devenue réalité, sa propre réalité.

Vaiata ne se souvenait de rien, pas plus que son amie d'ailleurs. Elles s'étaient toutes les deux réveillées quelques jours après le drame, fiévreuses et endolories, se plaignant d'une vive douleur à la tête. Après de longues heures de délire, de fièvre et de cauchemars, elles avaient enfin repris conscience un instant, affichant des mines accablées et apathiques.

Les deux filles, qui s'étaient rejointes dans le même lit, se tenaient les mains avec désespoir, pleurant à chaudes larmes l'horrible disparition des leurs, s'accrochant l'une à l'autre, totalement terrifiées, et encore désemparées. La lumière diffuse de la pièce appelait cependant au calme, et les tisanes de criste-marine qu'on leur servait engourdissaient leurs pensées et leurs corps fourbus. Le visage inondé de pleurs, les deux amies, épuisées et encore si fragiles, finirent tout de même par se rendormir. Depuis ce jour tragique, leurs journées et leurs nuits étaient ponctuées de courtes périodes d'éveil. Elles étaient volontairement maintenues dans cet état semi-conscient, afin que tranquillement leur esprit apprivoise la réalité.

Une « pseudo-réalité », en fait, que l'on souhaitait ardemment leur faire accepter comme une vérité.

L'hologramme de Mme Gloguen diffusait une faible lumière verdâtre dans la chambre; elle demeura ainsi de longues heures à surveiller le sommeil agité des deux filles. Le détachement apparent de cet être irréel n'avait rien de réconfortant pour ces deux adolescentes en peine, et ce fut dans le sommeil que leur esprit tenta de s'approprier leur nouvelle réalité et que leur âme tendit vers la guérison.

C'était la première fois que l'on appliquait ainsi le procédé de l'oubli sur une séquence de vie aussi importante et l'on s'interrogeait (non sans une certaine inquiétude) sur les résultats et les conséquences d'une telle application. Jamais encore, les Maîtres à penser n'avaient eu à aller aussi loin, mais depuis ce fameux 24 juin, tout était si différent. D'abord, cette rébellion menée par le patricien Hadrian Cornwall et ses amis contre l'Ordre de la Communauté lui-même, ensuite cette incursion des rebelles, les Vindico, qui s'était soldée par la prise de contrôle des locaux du Centre de recherches médicales et l'enlèvement des prisonniers par ce même groupe de révolutionnaires. Non, toutes ces circonstances ne leur avaient guère laissé le choix. Pour maintenir l'ordre dans la cité de Terra Nova, il fallait parfois se montrer autoritaire et même despotique.

Le proconsul Théo McLess observait attentivement le sommeil agité des jeunes filles à travers les yeux inexpressifs de la nounou superviseuse, toujours de garde auprès de Vaiata et Naïs. Ses longs doigts nerveux pianotaient sur le rebord de la table. Il savait qu'il avait raison d'agir ainsi. Le monde de Terra Nova ne pouvait, du moins pas encore, envisager le retour des enfants. L'idée était inconcevable.

Les mensonges avec lesquels il avait mystifié les deux gamines n'avaient rien de très

« glorieux », il le savait, mais avait-il d'autres choix ? Il devait reprendre le contrôle de la situation et il ferait tout ce qui était en son pouvoir pour y parvenir. Il était LE maître de Terra Nova et ce n'était pas une bande d'extrémistes en crise de liberté qui changerait les choses. Il rétablirait l'ordre par la force s'il le fallait, mais les choses retrouveraient leur équilibre. Il se demanda un instant comment procéder avec les autres et pour la suite des événements. Abrial, Marélie, Audric et ses jeunes frères avaient disparu de la cité, ainsi que leurs parents, mais le proconsul savait fort bien où ils se cachaient. C'était si évident. Dans les zones interdites, là où se trouvait ce fameux campement des rebelles. Néanmoins, il sourit à l'idée de ce qu'il leur avait réservé. Bientôt, ces jeunes inconscients et leurs parents, ainsi que tous ces Vindico de malheur, seraient arrêtés par la garde de Terra Nova, et tout ce beau monde serait bientôt de retour à la Tour centrale de la Garde. La partie n'était pas terminée. Le proconsul esquissa un sourire à la perspective qu'il allait, bien évidemment, la gagner.

Vindico aliquem in libertatem*, murmura-t-il pour lui-même en riant, quelle foutaise !

De sa longue et maigre main, Théo McLess effleura l'image tridimensionnelle qui disparut aussitôt, puis il se leva et quitta son bureau. Une légère marque de satisfaction se dessina aux commissures de ses lèvres. Il était le maître de Terra Nova.

Zones interdites, le 30 juin 2079

Abrial scrutait le paysage où s'élevaient les Colonnes d'Hercule, une haute et spectaculaire chaîne de montagnes qui se perdait à l'horizon. La vue était magnifique et extraordinaire. Une légère brise vint caresser son visage et il en apprécia pendant un instant la sensation. Leur arrivée sur l'île était somme toute très récente, et nos jeunes Atlantes découvraient avec une grande curiosité ce nouveau monde qui s'offrait à eux. Le soleil et le vent les fascinaient plus particulièrement, puisqu'on n'en retrouvait pas dans le fond des océans. Nos jeunes en savouraient toute la découverte. Depuis leur arrivée au camp des rebelles dans les zones interdites, ils passaient le plus clair de leur temps à l'extérieur, à lézarder sous les chauds rayons de l'astre solaire. Contrairement à ce que le reste des habitants du continent croyaient, le soleil n'était plus un danger, mais bien une source d'énergie qui venait vivifier leur corps et leur esprit.

Assis en tailleur sur un piton rocheux, le jeune homme aperçut, légèrement sur sa gauche, des rebelles qui s'activaient. Une grande agitation régnait dans le campement, depuis leur arrivée. Abrial connaissait parfaitement les causes de cette excitation ; il savait, pour l'avoir entendu dire, que les adultes se préparaient à un soulèvement qui viendrait, selon leurs dires, rétablir l'équilibre à Terra Nova et rendre à chacun sa liberté. Mais l'adolescent ne se sentait pas particulièrement touché par toute cette frénésie à vouloir restaurer l'ordre des choses à tout prix. Son esprit était ailleurs et ses propres préoccupations lui semblaient bien plus angoissantes : Vaiata. Sa chère Vaiata lui manquait terriblement. Sa jumelle, son double, la moitié de lui-même, n'était plus à ses côtés. Pour la première fois de leur vie, ils étaient séparés. On les avait séparés. Bien entendu, ils se chamaillaient presque tout le temps, mais jamais au point de souhaiter la disparition de l'autre. Le jeune Cornwall ne cessait de s'interroger sur sa jumelle et sur ce qu'elle vivait. Il savait pertinemment qu'elle et Naïs avaient subi le procédé de l'oubli et qu'elles se trouvaient maintenant en Atlantide. En tant que médecin, Liam, le père d'Audric, leur avait longuement expliqué en quoi consistait exactement cette fameuse et horrible technique : il s'agissait de gommer de l'esprit d'un individu des séquences de vie déterminées. Abrial avaient alors éprouvé beaucoup de peine pour les deux filles et une grande haine pour ceux qui leur avaient fait subir un tel sort. Depuis, une grande frustration l'habitait en permanence. Il se sentait impuissant et démuni de ne pouvoir agir contre des décisions prises sans même qu'on les consulte.

Depuis leur arrivée à Terra Nova, jamais on n'avait tenu compte de leurs pensées ou de leurs sentiments. On les traitait comme des enfants, tout simplement. Pourtant, s'insurgeait Abrial, ils avaient toujours vécu sans parents, sans adultes à leurs côtés pour leur dire ce qu'ils devaient faire et comment le faire. Le jeune Cornwall n'aimait pas cette attitude surprotectrice des adultes envers eux. Jusqu'à ce qu'ils les rencontrent, jusqu'à ce que les enfants découvrent la vérité sur leur vie et leur existence, ils n'avaient jamais eu à composer avec des attitudes parentales que le garçon trouvait quelque peu étouffantes. Abrial détestait cette situation, et il lui arrivait parfois de regretter leur fuite d'Atlantide. Il se lamentait sur les jours passés, mais malheureusement, et il en avait pleinement conscience, il ne pouvait pas faire machine arrière. Il devait apprendre à composer avec cette nouvelle existence et continuer d'avancer. Il espérait simplement que les choses se replaceraient.

— Je peux m'asseoir avec toi?

Le garçon se retourna vers cette petite voix qu'il connaissait si bien. Sans répondre, il tendit les bras et Marélie s'y lova comme un chaton. Ils demeurèrent ainsi de longues minutes, silencieux, le regard perdu vers l'horizon.

— Tu penses à elle ? chuchota-t-elle après un certain temps, un trémolo dans la voix.

— Tout autant que toi.

— Elle me manque beaucoup.

— À moi aussi, petite crevette, à moi aussi.

Et ils restèrent ainsi, liés par leur émotion commune, pendant de longues minutes. Abrial sentait que sa jeune sœur cherchait auprès de lui le réconfort et la quiétude des jours passés. La gamine avait rapidement créé des liens avec sa mère naturelle, leurs retrouvailles avaient été aussi spontanées que naturelles, mais il avait rapidement compris au fil de leurs rencontres qu'il leur faudrait du temps pour tisser des relations empreintes de complicité et pour que l'abandon, surtout de la part de Marélie, soit total. Les liens de filiation étaient bien présents, leurs parents les aimaient sans hésitation, mais il manquait encore ce petit quelque chose qui cimente les êtres entre eux. Et ce petit quelque chose ne s'acquérait qu'avec le temps. Il était le résultat des moments intimes que l'on passait avec quelqu'un, ces instants uniques où deux êtres se rejoignent, ce moment magique où notre mère vient nous rassurer lorsqu'on a peur la nuit. Ces instants attendrissants où elle nous prend dans ses bras pour nous consoler. Cette douce sensation de bien-être quand elle nous fredonne doucement une berceuse, pour nous apaiser, nous réconforter. Et ce grand moment de satisfaction lorsqu'elle nous murmure doucement qu'elle nous aime.

Ava, leur mère, bien que douce, aimante et avenante, ne les avait jamais tenus dans ses bras lorsqu'ils étaient enfants, elle n'avait jamais soigné leurs genoux écorchés après une chute. Jamais non plus assisté à une compétition de plongée, jamais soufflé sur leur soupe trop chaude ou encore accueillis dans ses bras pour les consoler. Non. Elle était leur mère, bien sûr, d'un point de vue biologique, mais elle devait maintenant gagner leur confiance et toucher leur âme.

Abrial replaça une mèche qui cachait les yeux rougis de sa jeune sœur. Du revers de sa manche, il essuya les larmes qui inondaient les joues de la gamine.

— Elles vont bien, j'en suis certain. Tu ne dois pas t'inquiéter, je suis sûr que nous allons revoir Vaiata et Naïs très bientôt.

— Tu me le promets ?

— Oui, ma crevette... Je t'en fais la promesse.

CHAPITRE 2

*Zones interdites, quelque part
dans le camp des rebelles.
Mardi, 1ᵉʳ juillet 2079*

— Nous allons sous peu rencontrer le Dʳ Hugh Sligeach* et la Dʳᵉ Mila Éireann* qui nous attendent, lança Ingenua, tandis qu'elle ouvrait la marche dans les étroits couloirs caverneux creusés à même le roc.

Cela faisait maintenant trente minutes qu'ils marchaient ainsi à la file indienne, dans un silence presque religieux. Hadrian Cornwall, Liam Copper et Erwan Gueldre la suivaient sans rien dire, se retournant de temps à autre pour se jeter des regards interrogateurs. Elle était si décidée, si sûre d'elle, si décisive qu'ils n'osaient pas la questionner. C'est elle qui, depuis le début de cette incroyable aventure, avait tout orchestré. Depuis le commencement, elle savait pertinemment ce qu'elle faisait et elle avait su judicieusement se servir des occasions qui s'étaient présentées à elle. Ingenua était la tête dirigeante des Vindico, et les trois hommes qui la suivaient sans rien dire semblaient fort impressionnés par ce petit bout de femme à l'air pourtant si fragile. Toujours vêtue de noir de la tête aux pieds, elle dissimulait son visage en permanence derrière une voilette noire, opaque.

Hadrian s'interrogeait sur son identité, surtout qu'il avait l'impression que sa voix ne lui était pas étrangère, mais il ne parvenait pas à faire le lien avec les visages qu'il faisait défiler dans son esprit. Il se demandait souvent s'il aurait un jour l'occasion de voir qui se cachait réellement derrière ce voile. Il poussa la réflexion jusqu'à s'interroger sur les motivations profondes de cette femme. Quelles pouvaient être les raisons l'ayant conduite à mettre sur pied une telle organisation? Comment est-elle parvenue à convaincre ceux qui lui obéissaient au doigt et à l'œil? Car le patricien avait fort bien perçu chez les Vindico toute l'admiration qu'ils portaient à leur dirigeante, et surtout, l'immense respect qu'ils lui témoignaient. Une telle attraction sur les gens était des plus surprenantes.

— Dites-moi, Ingenua, lança Erwan, le père de Naïs, brisant ainsi le silence et les pensées de ses compères, comment êtes-vous parvenue à tisser de tels liens avec tous ces gens qui se trouvent dans vos campements et ces chercheurs que nous nous apprêtons à rencontrer? Hadrian afficha un air complice. Visiblement, il n'était pas le seul à se questionner sur l'immense pouvoir de ce petit bout de femme. Ce n'est un secret pour personne, continua-t-il, que leurs postes dépendent uniquement de « l'attachement », si je peux m'exprimer ainsi, qu'ils démontrent à McLess. Le proconsul tient tout ce beau monde d'une poigne de fer et ne tolère aucun écart. Comment êtes-vous parvenue à créer des contacts avec ces gens, et êtes-vous sûre de leur loyauté envers votre cause?

— Je ne doute aucunement de mes amis ni de mes alliés, M. Gueldre, tout simplement parce que nous partageons les mêmes rêves et que nos désirs vont dans le même sens. Sachez que la fraternité qui nous unit est plus solide que n'importe quelle subordination obtenue par la menace ou la peur. McLess intimide beaucoup de gens, certes, mais pas tout le monde. Et puis, ceux qui nous accompagnent dans notre lutte ont les mêmes champs d'intérêt que vous et moi. Je connais personnellement quantité de personnes qui travaillent dans l'ombre à sa chute. Le totalitarisme et le despotisme avec lesquels il gouverne en excèdent plusieurs, vous savez. Les convaincre de joindre nos rangs n'a pas été un tour de force, je vous le garantis.

Un certain silence suivit cette affirmation. Un silence éloquent que personne n'osait troubler. La certitude et l'assurance d'Ingenua les laissaient cois. Comme d'habitude, la femme n'avait dit que l'essentiel et la justesse de ses paroles n'avait pas besoin d'explications supplémentaires. Pourtant, ils furent surpris d'entendre Erwan ajouter :

— Mais le peuple l'applaudit. Les Terranoviens approuvent les choix de leurs dirigeants.

— En apparence, professeur, seulement en apparence... Ça fait pas mal de temps maintenant que la population se plaint du proconsul et de ses officiers suprêmes, vous savez. Le mécontentement des habitants de Terra Nova va grandissant. On peut dire qu'avant que je ne prenne les rênes des Vindico, ces critiques étaient éparses, car tout le monde agissait seul dans son coin. Les rebuffades et les plaintes étaient trop isolées pour porter à conséquence. Il fallait rallier tous ces gens pour ne faire qu'un. Nous devions concentrer nos forces pour que nos gestes et nos paroles aient plus d'impact. Aujourd'hui, je peux vous affirmer, messieurs, que les Terranoviens en ont plus qu'assez de la domination de Théo McLess, et encore, ils ne connaissent pas tout ce que le proconsul leur cache !

— Vous êtes très persuasive... lança Erwan avec un demi-sourire.

— Je ne le sais pas, M. Gueldre, à vous de me le dire. Je crois plutôt que la population n'attendait que le bon moment pour former une coalition... Il leur fallait un meneur, c'est tout. Avec ou sans moi, les choses se seraient tout de même passées, les actes n'auraient été que plus isolés. Je n'ai fait que regrouper les groupuscules existants pour ne former qu'une seule et même force de frappe.

Le silence retomba sur eux, les propos d'Ingenua les laissant songeurs quant à l'avenir de Terra Nova. Si les Vindico parvenaient à faire tomber le proconsul, qui prendrait sa place ? Ingenua ? Pouvait-on jeter à bas un système pour en établir un autre aussi facilement ? Quelles en seraient les conséquences ?

— Et jusqu'où allons-nous comme ça ? demanda Liam, après plusieurs minutes.

— Nous arrivons, Dr Copper. À la sortie de ces couloirs, un véhicule nous attend pour nous mener à notre rendez-vous.

Effectivement, quelques mètres plus loin, ils se cognèrent le nez sur une lourde porte de métal que la femme ouvrit cependant sans effort. Il faisait encore nuit à l'extérieur, mais une timide lumière blafarde indiquait le lever du soleil. Une fois dehors, Hadrian constata que la porte se fondait dans la paroi rocheuse, affichant le même fini et la même texture. Si quelqu'un passait devant et ignorait tout de sa présence, il n'avait aucun moyen de la découvrir, tant son camouflage était parfait. Mais Hadrian se ravisa : personne ne venait se promener dans le coin, puisque cette partie de Terra Nova se trouvait dans les zones interdites.

Derrière un empilement de branches sèches se trouvaient quelques véhicules qui attendaient là, soigneusement cachés. Ingenua en indiqua un dans lequel ils embarquèrent sans perdre de temps. Ils en avaient pour un bon moment à rouler, malgré la vitesse incroyable à laquelle se déplaçait l'engin, plus de 250 kilomètres à l'heure. Les premiers rayons du soleil venaient réanimer les hauteurs qui les entouraient. Une douce lumière jaunâtre s'infiltrait parmi les ombres pour tranquillement les repousser. Malgré l'aspect austère des lieux, la lumière réaffirmait sa suprématie.

L'automobile électromagnétique s'engouffrait dans des tunnels, empruntait des rues et des ruelles, évitant avec habileté les embouteillages et les obstacles, se frayant ainsi un chemin dans le trafic continuel de la cité surpeuplée.

Terra Nova comptait plusieurs millions d'habitants et les activités quotidiennes de la ville ne semblaient jamais vraiment s'arrêter. Ses nuits étaient aussi actives que ses jours. Dans cette cité moderne, les habitants avaient le choix de travailler de jour comme de nuit, puisque tout restait toujours ouvert. Les bureaucrates, les éboueurs, les commerçants et les employés de la cité s'activaient continuellement pour que la ville soit performante en tout temps.

Le véhicule s'arrêta sous une des arches de sécurité qui ceinturaient un immense immeuble, un peu en périphérie de la ville, du côté est, là où siégeait la Société de Recherche et de Développement de Terra Nova. Ingenua demanda à ses invités de demeurer calmes. Tout allait très bien se dérouler. Sans rien ajouter, elle releva légèrement ses cheveux noirs, pour que le code numérique situé à la base de son cou, comme en portaient tous les Terranoviens, soit numérisé. Une lumière rouge glissa lentement sur elle pour déchiffrer son identité, avant de se diriger sur Hadrian. Le père d'Abrial se crispa. Il se savait, comme ses compères, activement recherché. Il sentit alors la main d'Ingenua se placer à la base de son cou. Le rayon lumineux lut le code barres qu'elle portait sur le revers de sa main. Elle répéta la manœuvre pour Liam et Erwan. Une seconde passa. Une seconde qui leur parut une éternité. Puis le rideau d'ondes qui leur barrait la route s'éteignit pour indiquer à l'automobiliste qu'elle pouvait poursuivre sa route et pénétrer dans l'enceinte du centre de recherche. Derrière sa voilette, Ingenua eut un petit sourire, avant de se diriger vers une place de stationnement libre. Une fois garée, elle retira la pellicule artificielle de sa main sur laquelle était imprimé le faux code portant des informations d'identification fictives. Le système de sécurité qui entourait ce bâtiment était des plus complexes et performants, et pourtant ils venaient de le franchir avec une aisance déconcertante. Les trois hommes savaient que le scanner avait pour fonction d'établir le lien entre la présence du visiteur à la barrière et son désir de pénétrer dans les lieux. Si le visiteur n'était pas autorisé à entrer, le rideau d'ondes ne s'éteignait pas et il était impossible d'y accéder par un autre moyen, puisque ces arches mesuraient plus de 20 mètres de hauteur et qu'elles étaient électrifiées. De toute évidence, les Vindico étaient parvenus à déjouer le système de sécurité interne, afin d'y entrer leurs propres données. Mais ce tour de force était des plus stupéfiants et laissait nos trois hommes bouche bée.

Quelques secondes plus tard, ils pénétraient sans encombre dans un bureau aux allures fort anciennes. Le contraste entre la technologie environnante et la décoration des lieux était étonnant. Une jeune femme les accueillit d'une simple courbette, le sourire aux lèvres, échangeant tout de même un regard de connivence avec Ingenua. D'un geste de la main et d'un signe discret les enjoignant à garder le silence, elle les convia à lui emboîter le pas vers une autre porte. La chef des rebelles posa sa main fine et délicate sur l'épaule de la jeune femme, et celle-ci lui répondit d'un signe de tête, avant de s'éloigner. Les trois hommes échangèrent un regard. Cette charmante dame faisait visiblement partie des Vindico, c'était évident. Décidemment, ce regroupement semblait fort bien organisé, conclut pour lui-même Hadrian.

— Nous pouvons parler ; cette pièce n'est pas sur écoute, lança enfin Ingenua à ses trois acolytes à qui, jusqu'ici, elle avait intimé le silence.

— Nous sommes à la Société de Recherche et de Développement de la cité, mais comment diable avez-vous pu nous faire arriver jusqu'ici aussi facilement ? s'exclama Liam, abasourdi. En tant que médecin et chercheur, je ne suis même pas autorisé à entrer ici...

— Je vous l'ai déjà expliqué, nous sommes plusieurs à vouloir des changements. Et quand je vous dis « plusieurs », je ne parle pas de la chapelière du coin. Bien que tout le monde soit sur le même pied d'égalité chez les Vindico, certains ont des rôles plus importants que d'autres à jouer dans cette histoire. Et, croyez-moi, je ne cherche pas à minimiser la part des autres. Tout le monde a son rôle à jouer dans une société, aussi petit soit-il...

À cet instant, une porte s'ouvrit sur un homme fort âgé. Le dos voûté, il se déplaçait cependant d'un pas alerte. Sans prêter la moindre attention à ceux qui se trouvaient là, il se dirigea directement vers la chef des rebelles, qu'il prit dans ses bras.

— Je suis si heureux de te revoir... Je m'inquiétais quelque peu, depuis ton coup d'éclat de la semaine dernière dans les locaux du Centre de recherches médicales... Impressionnant ! ma chère. Impressionnant ! Mais tu demeures toujours aussi incroyable. Il n'y a que toi pour réaliser ce genre de coup de théâtre...

— Cher Hugh, toujours aussi flatteur... Je dois l'avouer, c'est une belle réussite. Le secret réside dans la coordination et dans l'exactitude du plan... Mais bon, nous ne sommes pas ici pour parler tactique. Laissez-moi, mes amis, vous présenter mon ami et *magister** Hugh Sligeach...

Le vieux chercheur l'arrêta d'un signe de la main.

— Tut ! tut ! tut ! nul besoin de faire les présentations, chère Ingenua. Pour ma part, je les connais, du moins de renom... Vous êtes le patricien Hadrian Cornwall et, bien évidemment, votre réputation vous précède. Je dois avouer que ce que je retiens de votre personnalité, et qui m'intéresse plus particulièrement, c'est que vous n'avez pas la langue dans votre poche... Vos idées et vos choix de batailles sont bien connus. Il nous faudrait bien des gens de votre trempe dans notre organisation... Enchanté, cher monsieur Cornwall, lança le vieillard en serrant avec force la main du patricien. Sans laisser le temps à Hadrian de répondre quoi que ce soit, le vieux *magister* se tournait déjà vers le père d'Audric. Vous, monsieur, vous êtes, si je ne me trompe pas, le Dr Liam Copper, médecin généticien très apprécié de son milieu. Vos recherches et vos conclusions nous sont fort connues et vous comprendrez très bientôt de quoi je parle, lança-t-il en souriant, tout en serrant la main du médecin avec beaucoup de vigueur.

— Et vous, vous êtes le professeur Erwan Gueldre. Très honoré de vous rencontrer, professeur. J'ai lu tous vos rapports de recherches et articles sur les sociétés disparues et l'évolution des mondes anciens. Fort intéressant, fort intéressant... D'ailleurs, cher ami, lorsque nous en aurons le temps, quand toute cette histoire sera terminée, j'aimerais bien m'entretenir avec vous de quelques sujets qui me passionnent...

Nos recherches ont des points communs, vous savez. Tous deux, nous tentons de reconstituer la trame de la vie à partir de maigres indices... Mais pas maintenant, nous aurons bien le temps plus tard de nous perdre dans de telles élucubrations...

— Ce sera avec grand plaisir Dr Sligeach, répondit avec un enthousiasme évident l'archéologue, manifestement ravi que l'éminent chercheur connaisse ainsi ses théories et ses recherches.

Sans plus attendre et sans rien ajouter de plus, le *magister* passa son bras sous celui d'Ingenua, l'entraînant avec ses invités à sa suite, en direction de portes capitonnées.

— Veuillez me suivre, chers amis, Mila nous attend...

Les portes qu'ils passèrent étaient celles d'un ascenseur qui semblait dater d'une lointaine époque et la descente leur parut terriblement longue, plus particulièrement pour nos trois pères de famille. Ingenua, qui conversait à voix basse avec son vieil ami, ne leur prêtait plus la moindre attention, et les trois hommes ne pouvaient comprendre leur échange à cause des bruits sourds produits par le vieil appareil. Ils ne pouvaient qu'observer les expressions marquées de surprise du vieux savant, qui semblait écouter très attentivement la chef des rebelles. Hadrian,

Liam et Erwan se jetaient continuellement des regards interrogateurs, mais pas une seule fois durant le long trajet qui les menait dans les profondeurs de la terre, Ingenua ne s'adressa à eux, ni même ne les regarda.

Hadrian allait s'immiscer dans leur conversation, lorsque l'ascenseur s'arrêta net, provoquant ainsi d'importantes secousses. La chef des rebelles, qui semblait avoir deviné les intentions du patricien, se contenta de lui dire avec une grande douceur dans la voix :

— Nous sommes arrivés, monsieur Cornwall. La descente ne fut pas trop pénible ? C'est long, n'est-ce pas ? Bien sûr, puisque nous venons de descendre 25 étages. Nous nous trouvons à plus d'une soixantaine de mètres sous terre... Impressionnant, non ?

Le père d'Abrial allait lui répondre, lorsqu'il jugea son commentaire sans grand intérêt. La mauvaise humeur qu'il avait commencé à ressentir quelques secondes plus tôt pour avoir été ainsi laissé pour compte, venait de s'envoler comme par enchantement. Cette femme est une vraie ensorceleuse, pensa-t-il en emboîtant le pas aux autres, un demi-sourire accroché aux lèvres.

Ils empruntèrent quelques sombres couloirs, éclairés par des néons blancs et froids, lorsque enfin ils débouchèrent sur une immense salle vivement illuminée. Le contraste était éblouissant, et ce qu'ils découvrirent tout autant.

Devant eux apparaissait un monde incroyable et inconcevable pour un Terranovien. Ils venaient de franchir des portes automatiques qui les avaient laissés pénétrer dans un lieu hors du commun : une jungle subtropicale, et ce, à une soixantaine de mètres sous terre, dans un univers formé de bunkers de roc et de béton !

Ils ne savaient où poser leurs regards, tant ils étaient attirés par des arbres immenses aux feuillages démesurés comme ces palmiers, ces acajous, ces ébéniers et ces tecks ; des lianes qui s'entremêlaient et partaient dans diverses directions ; des plantes gigantesques, certaines étranges comme ces *népenthès* extraordinaires ; des fleurs odorantes aux couleurs vives comme ces orchidées bleues, ces *cattleya* sauvages, ces *tillandsia* magnifiques et ces arbustes d'*ylang-ylang*. Des odeurs de terre et d'humus se mêlaient pour laisser planer ces effluves si particuliers qu'on ne retrouve que dans les lieux luxuriants. Une humidité et une chaleur extrêmes vinrent aussitôt les envelopper, pénétrant leurs vêtements et alourdissant l'air.

Mais le plus incroyable encore, pour ces trois hommes issus d'un monde où la nature n'avait plus sa place depuis longtemps, était de découvrir des animaux qu'ils apercevaient à travers les branches. Devant eux, des tamarins et des capucins faisaient la course à des ouistitis en sautant de branche en branche ; des oiseaux bleus, rouges, verts et multicolores remplissaient l'air de leurs vocalises tonitruantes, comme ces toucans et ces aras ; des lézards, des iguanes, des tortues et des serpents, des termitiers, des tapirs et des tamanoirs géants, sans oublier les insectes qui déjà voltigeaient autour d'eux.

Ils venaient de débarquer dans un univers dont ils ignoraient jusqu'alors l'existence. Cette constatation renvoya Hadrian Cornwall à ce que ses propres enfants avaient dû ressentir en accostant à Terra Nova : la découverte d'un monde ignoré et spectaculaire.

Les trois hommes demeuraient totalement bouche bée, réalisant par le fait même l'ampleur de leur découverte. Là, au-dessus de leur tête, plusieurs mètres plus haut, à la surface, des Terranoviens s'activaient à leurs tâches quotidiennes, sans se douter un seul instant de ce qu'on leur cachait. Cette vérité qu'ils avaient tous oubliée depuis trop longtemps et que l'on cherchait vraisemblablement à occulter : la vie avait bel et bien repris ses droits. La mystification était énorme, ils le savaient depuis leur réveil dans les zones interdites, mais à cet instant précis, ils en contemplaient toute l'ampleur.

CHAPITRE 3

Zones interdites, le 1er juillet,
peu de temps avant le lever du soleil

— Nous sommes en position, chef. Attendons les ordres, perçut distinctement dans son oreille le capitaine de la carde, Brayan McCord. Il réajusta tout de même la puce électronique qui lui servait d'écouteur. Elle devait être stable, car il ne pouvait se permettre de perdre le contact avec ses hommes.

— Officier Doryan, comptez le nombre de personnes qui se terrent dans ces grottes, lança-t-il à son second.

— Bien, capitaine.

Le second en question plongeait déjà vers les grottes à plusieurs mètres sous eux, un capteur relié au satellite *Eyesight-3*. Il scrutait attentivement un écran numérique bidimensionnel, pas plus grand qu'une carte de visite, lorsqu'il vit avec précision des chiffres apparaître.

— Je dénombre ici 152 adultes et... non c'est impossible... capitaine McCord, souffla l'officier Doryan... Aussitôt, le chef de l'escadre se tourna vers son adjoint, le regard interrogateur... et 43 enfants !

— Des enfants... ?

— Oui, mon capitaine... 43 exactement, confirma l'officier Doryan le regard ahuri.

— Vous en êtes certain ?

— Affirmatif !

Les deux hommes se regardèrent longuement, dans un parfait silence. La surprise était de taille. Déjà, ils étaient demeurés totalement abasourdis en approchant du campement des Vindico et en apercevant, malgré la nuit régnante, cette masse verte qui grossissait au fur et à mesure de leur progression. De la végétation. Les hommes de McCord avaient eu du mal à se contenir, et le capitaine avait dû user de toute son autorité pour les maintenir dans leur rang. Certains s'étaient vus relevés de leur fonction en désobéissant carrément aux ordres. La tentation de toucher et de sentir ce qu'ils découvraient pour la première fois de leur vie, c'est-à-dire des feuilles, des arbres, des fleurs et de l'herbe, avait été plus forte que leur volonté d'obéir. Brayan McCord comprenait parfaitement la réaction de ses hommes ; lui-même se retenait difficilement de courir vers ce paradis vert qui s'offrait à eux et qu'ils contemplaient pour la première fois.

Le capitaine saisissait à présent toutes les difficultés de sa mission. Il comprenait également et avec justesse les craintes du proconsul que la nouvelle ne s'ébruite. Le Maître suprême cherchait à taire la vérité et lui, en tant que capitaine de la Garde, devait lui obéir. La chose n'était pas facile, certes, mais il devait exécuter les ordres. Depuis le début de cette histoire, depuis l'arrivée des enfants sur l'île, plusieurs questions s'étaient imposées à son esprit rebelle et il avait dû faire de gros efforts pour demeurer concentré sur son devoir. Il aurait bien le temps plus tard de réfléchir à la question et chercher à comprendre de quoi il retournait exactement, avait-il alors songé. Mais à présent, l'information selon laquelle ce camp abritait également des enfants changeait quelque peu la donne. La situation devenait très compliquée pour lui. D'un côté, il devait exécuter les ordres sans réfléchir, et de l'autre, il s'interrogeait sur le bien-fondé de ces mêmes ordres.

Il secoua la tête pour se forcer à reprendre ses esprits. Prendre d'assaut le campement des Vindico demeurait sa priorité, c'était l'évidence et c'était sa mission. Après tout, il avait affaire à des hors-la-loi ; le reste avait peu d'importance. Son rôle, en tant que capitaine de la Garde, était de faire respecter l'ordre. Et ces rebelles avaient outrepassé leurs droits, sans oublier qu'ils n'hésitaient pas, dès que l'occasion s'en présentait, à bafouer les lois de leur société. Ils ne méritaient que la prison. De toute façon, ce n'était pas à lui de trancher, il n'avait pas cette responsabilité; il n'était là que pour faire son boulot. Les Officiers suprêmes de l'Ordre avaient assurément une idée bien précise de la situation. S'ils souhaitaient arrêter ces rebelles, c'était forcément parce qu'ils savaient ce qui était le mieux pour Terra Nova. Du moins l'espérait-il.

Mais ces enfants? Les pauvres n'avaient rien à voir avec les agissements des adultes. Et d'ailleurs, d'où venaient-ils, ces enfants? Le capitaine McCord en était à ces questionnements, lorsqu'il entendit dans son oreillette la voix criarde d'un de ses hommes.

— ... que faisons-nous, mon capitaine?

— Nous attendons les ordres du proconsul, s'entendit-il répondre, sans pour autant perdre le fil de ses pensées.

Le jour commençait à se lever et certains des hommes, près de lui, avaient entrepris de retirer leurs lunettes de vision nocturne, pour chausser des lunettes d'approche polarisées, à filtre solaire. Le capitaine fit de même, d'un geste lent et songeur. Jamais il ne s'était retrouvé dans une situation semblable. Jamais il n'avait douté des ordres qu'on lui donnait, et voilà qu'il s'interrogeait sur les raisons mêmes de sa présence dans ces lieux. Pour la première fois de sa vie, le capitaine de la Garde Brayan McCord remettait en question les raisons profondes de sa présence dans ce secteur, et de son désir d'exécuter les ordres qu'il allait bientôt recevoir. Pendant une seconde, l'envie de déposer ses armes, de remettre son insigne de capitaine à son second et de rentrer tranquillement chez lui auprès de sa chère Mia s'imposa à son esprit. Pendant un instant, il douta profondément de ses choix et de ceux de ses dirigeants, mais plus particulièrement des intérêts cachés du Maître suprême, Théo McLess.

Le proconsul savait-il ce qui se passait dans le camp des rebelles ? McCord s'attarda un bref instant sur la question. Bien sûr, conclut-il pour lui-même, *sinon il ne mettrait pas autant d'énergie à vouloir les éliminer... McLess sait pertinemment ce qui se déroule ici...*

— Capitaine McCord, entendit-il dans son oreillette, vous avez l'autorisation de pénétrer dans le camp des rebelles. Vous devez arrêter tout le monde, sans ex-cep-tion. Je demeure en contact visuel.

Le capitaine de la Garde reçut l'ordre du proconsul en fronçant les sourcils. Il inspira profondément.

— Capitaine McCord ?

— Oui, proconsul, j'ai bien entendu. Je lance tout de suite l'assaut.

Son regard rencontra celui de son second, qui ne semblait pas comprendre ses hésitations.

— Je suis curieux de rencontrer ces enfants. Quelle va être la tête des Terranoviens lorsque nous rentrerons à la cité avec eux... Je suis si heureux. Cela veut dire que dorénavant nos petits vont pouvoir vivre avec nous..., lança-t-il, excité.

McCord continuait de le fixer, le regard attristé par la naïveté de son bras droit, car il comprenait à présent que l'attaque du camp n'avait pas pour but de revenir avec les enfants dans la cité. Il avait clairement compris que ces petits allaient eux aussi subir le procédé de l'oubli pour être envoyés en Atlantide, comme l'avaient été Vaiata Cornwall et Naïs Gueldre. Il saisissait maintenant les desseins du Maître suprême : ces jeunes allaient disparaître de leur vie aussi subitement qu'ils étaient apparus. Le capitaine de la Garde en ressentit une grande frustration. La colère commençait à gronder en lui.

— Armez vos sarbacanes, nous passons à l'assaut dans 45 secondes, ordonna-t-il à son second.

— Mais enfin, capitaine, nous n'allons pas les endormir ?...

— Suivez les ordres, officier Doryan. Exécution.

La jeune fille regardait au loin, par-dessus l'épaule de son amie. Son regard était grave et, depuis plusieurs jours maintenant, elle ne souriait plus. Ses yeux habituellement si gais ne reflétaient plus que tristesse et mélancolie. Elle se forçait tout de même à sourire à ceux qui, depuis le drame, venaient lui tenir compagnie ou lui apporter leur aide. Mᵐᵉ Gloguen lui avait annoncé que sa meilleure amie, Naïs Gueldre, allait dorénavant habiter avec elle, au 21 de l'aile ouest de la cité. Cette décision n'avait rien d'habituel. En fait, c'était même une première, mais étant donné les circonstances et le drame dans lequel les deux filles étaient plongées, la situation elle-même n'avait rien de normal. Vaiata s'était réjouie de savoir que Naïs vivrait désormais à ses côtés, rendant ainsi son double deuil moins lourd à porter. Bien entendu, son amie était tout aussi marquée qu'elle par la tragédie, mais les liens qui la rattachaient à Abrial, Marélie, Audric, Erin et Cyricus étaient somme toute beaucoup moins profonds. Naïs était très triste de la perte de ses amis, mais pas effondrée.

— Je ne sais pas pourquoi, Naïs, mais je ne parviens pas à accepter les événements qui se sont produits... murmura ce matin-là Vaiata, alors qu'elle et son amie se dirigeaient vers le quai où la championne d'aqualtisme souhaitait reprendre ses exercices de natation.

Malgré les horreurs qu'on lui avait contées au sujet de leur dernière plongée, la jeune fille avait exprimé le souhait de se remettre à la pratique de son activité préférée, du moins de tenter une plongée. Si l'expérience se révélait trop difficile, avait-elle déclaré à Mme Gloguen, elle s'arrêterait sur-le-champ. Elle avait besoin de plonger et de se retrouver dans l'eau, de sentir son corps flotter dans cet élément qui l'aiderait à oublier le mal qu'elle ressentait. Elle devait y retourner maintenant, sinon elle ne passerait jamais à travers l'épreuve, elle en était persuadée. L'hologramme ne s'était pas montré entièrement convaincu, mais Mme Gloguen ne pouvait l'interdire à la jeune fille.

— J'ai une drôle d'impression, reprit Vaiata, comme si ce que l'on nous raconte, et les éclaircissements qu'on nous donne afin d'expliquer ce qui s'est passé, ne correspondent pas à ce que je ressens, là et là, fit-elle, en plaquant sa main droite sur son cœur et son index gauche sur son front.

— Peut-être refuses-tu encore la réalité?...

Vaiata dévisagea son amie un instant, en secouant la tête en signe de dénégation.

— Non, ce n'est pas ça, Naïs... Il y a quelque chose... autre chose... Je ne sais pas ce que c'est, mais j'ai des doutes. Au fond de moi, je n'ai aucune sensation, aucun écho de ces événements... Cette histoire ne m'atteint pas, comme si je ne l'avais pas réellement vécue. Tu comprends?

— Hum, hum! Je comprends... Je dois t'avouer que je ressens un peu la même chose... Ce n'est pas aussi confus que pour toi, mais j'ai beau chercher, tenter de me souvenir, rien! C'est le vide, comme s'il me manquait certaines séquences de temps... Je ne sais trop comment l'expliquer. Lorsque je tente de replonger en esprit dans les événements, je ne vois rien, strictement rien. C'est le vide.

Vaiata opinait de la tête.

— Oui, c'est exactement ça, tu as le bon mot: le vide...

Les deux jeunes filles venaient de s'arrêter devant l'imposante fontaine de Poséidon, située au milieu du majestueux parc par où passaient quotidiennement des centaines de jeunes qui vaquaient à leurs activités. Le dieu à demi immergé semblait toujours aussi terrifiant. Leur arrivée à la hauteur de la statue avait détourné l'attention de Vaiata. La jeune Cornwall s'était tue soudainement, le regard contemplatif et les sourcils froncés.

— Qu'as-tu? demanda Naïs, en remarquant l'attitude étrange de sa copine.

— J'ai une drôle d'impression, un sentiment de déjà-vu...

— Mais il n'y a rien de surprenant làdedans, nous passons ici presque tous les jours, depuis que nous sommes petites.

— Non! non! C'est autre chose... Un souvenir confus, lointain. J'étais avec Abrial, ici même, accoudée au même endroit... Nous discutions... Je ne parviens pas à me rappeler de quoi, mais c'est étrange, car ce souvenir me semble lointain et pourtant si proche.

Les deux amies se turent quelques instants, chacune profondément perdue dans ses pensées, lorsque Naïs murmura:

— Tu sais, Vaiata, plus j'y réfléchis et plus j'ai l'impression qu'on nous cache quelque chose... Je ne sais pas quoi, mais je trouve toute cette histoire de plus en plus étrange.

Vaiata se tourna vers son amie.

— J'ai exactement la même sensation que toi. Je crois que nous avons raison de nous questionner sur ce que nous ressentons ou, devrais-je plutôt dire, sur ce que nous ne ressentons pas! Toutes les deux, nous n'avons aucun écho, aucun souvenir de ce qui s'est passé lors de cette attaque. C'est bizarre, tu ne trouves pas ? Comment avons-nous pu échapper à ce monstre ? Et puis, comment se fait-il qu'aucune de nous deux ne se rappelle le plus petit détail ? Rien, ni avant, ni après...

Naïs opinait de la tête, le regard soucieux, avant de répondre.

— Bon, soit ! Admettons que nos doutes sont fondés, mais alors que s'est-il réellement passé ? Où sont Abrial, Marélie, Audric et ses frères ? Que leur est-il arrivé ?

— Je ne sais pas, Naïs, je n'en sais rien. Mais cette histoire est si bizarre, si invraisemblable... Nous devons le découvrir. Je suis certaine qu'il s'est passé autre chose et que l'on tient à tout prix à ce que nous l'ignorions... Nous devrions peut-être exiger plus d'explications de notre chère Mme Gloguen.

— Pfff ! Nous n'apprendrons rien de nos superviseurs ; ils ne sont là que pour voir à notre éducation, ils nous supervisent...

— C'est drôle, j'ai déjà entendu cette phrase-là quelque part.

Vaiata s'était de nouveau accoudée sur le bord de la fontaine. Ses doigts égrainaient les perles de coraux rouges du collier qu'elle portait à son cou. Celui-là même qu'Audric lui avait offert le soir de son seizième anniversaire.

Plusieurs secondes passèrent, silencieuses, pendant lesquelles les deux amies semblaient perdues dans leurs pensées.

— Je me souviens difficilement de notre soirée d'anniversaire à Abrial et moi, pourtant c'était quelques jours avant la tragédie... lança enfin Vaiata. Je devrais m'en rappeler, puisque c'était un événement heureux, non? Pourquoi est-ce si difficile?

— Peut-être est-ce normal... Après un tel choc... Mais à bien y penser, je ne me rappelle pas moi non plus de cette soirée... Peut-être, devrions-nous demander à nos amis présents ce soir-là... Leurs souvenirs réveilleront peut-être les nôtres.

— Oui, je crois que tu as raison, Naïs, nous devrions les questionner. Leurs réponses, comme tu viens de le dire, réanimeront probablement des choses... Qui sait ce qu'ils pourraient nous apprendre! conclut Vaiata, presque dans un murmure.

— Désires-tu toujours te rendre au bassin pour plonger? la questionna Naïs en changeant de position, les yeux fixés sur le chemin qui menait vers les débarcadères, dans le quartier sud.

— Non, non, plus maintenant. Je verrai ça plus tard... Là, présentement, ce qui m'intéresse, c'est de trouver certains de nos amis présents à ma soirée d'anniversaire. Allez, viens, allons rendre une petite visite à Océane et Âvdèl, pour commencer.

CHAPITRE 4

Zones interdites, camp des Vindico,
une heure après le lever du soleil

— Que personne ne bouge, vous êtes tous en état d'arrestation, hurla l'officier en chef, en déboulant dans une pièce d'où quelques dizaines de personnes paniquées tentaient de fuir, tandis que, déjà, certains s'effondraient, inconscients, en planquant une main sur leur nuque, leur épaule ou leur cuisse, selon l'endroit précis où une fléchette soporifique venait de les atteindre.

Le résultat était instantané. L'ensemble de l'intervention avait duré à peine quelques minutes. Les hommes du commando, vêtus entièrement de noir, se penchaient aussitôt sur les civils qui dormaient profondément, pour prendre leur pouls et vérifier s'ils se portaient tous bien.

— Unité B, où êtes-vous ?

— Nous nous trouvons à l'intérieur même du repère, capitaine McCord, au sud-est du campement, dans ce qui semble être une salle commune ou de réunion, répondit celui-là même qui venait de hurler la sommation et qui dirigeait cette équipe tactique, l'officier Irian*.

— Combien de personnes avez-vous anesthésiées ?

— Jusqu'à maintenant, nous avons capturé une quarantaine d'adultes. Nous n'avons pas encore localisé les enfants.

— Négatif. Ils se trouvent dans un autre bloc. Demeurez sur place et assurez-vous de contrôler la situation. Tout ce beau monde doit sagement faire dodo. Nous nous dirigeons vers le côté ouest des installations, là où se trouvent la majorité des rebelles et les jeunes. Attendez mes ordres.

Le capitaine de la Garde, suivi de ses hommes, avançait prudemment vers l'entrée d'une des salles. Grâce à leur détecteur thermique et aux informations fournies par le satellite *Eyesight-3*, ils savaient que celle-ci abritait un nombre élevé d'individus et de mineurs. McCord avait bien prévenu ses hommes avant de pénétrer dans les lieux : personne ne devait tirer en présence des enfants. Car, bien que leurs sarbacanes ne servissent qu'à endormir les sujets, il ne souhaitait pas les effrayer, et encore moins engendrer de confusion. La situation allait devenir assez difficile comme ça. Une simple mise en joue ferait l'affaire, il en était convaincu. Le capitaine envoya ses ordres aux autres brigades en attente devant les différentes entrées, pour coordonner leurs interventions. D'un signe de la main, il indiqua à ses hommes qu'ils allaient pénétrer dans les lieux dans trois secondes.

L'assaut fut aussi rapide qu'efficace. Mais à la grande surprise des gardes de la Tour centrale qui déboulaient dans la salle par les différentes entrées, personne ne cherchait à fuir, ni à se défendre. Bien au contraire, au grand étonnement de tous, les rebelles ainsi que les enfants étaient sagement assis, comme s'ils les attendaient. McCord demeurait confondu, certes, mais satisfait du bon déroulement de l'intervention. À son oreille, il pouvait clairement entendre le proconsul se réjouir de son coup de filet. Mais les quolibets* proférés par le Maître suprême l'irritaient au plus au point. Le capitaine attendait avec impatience l'occasion de couper le lien qui le maintenait au proconsul. Théo McLess voyait et entendait par lui tout ce qui se passait et cette omniprésence lui pesait, car elle ne lui laissait aucune latitude et surtout aucun moment de réflexion. Brayan ressentait pourtant le besoin de faire le point, de prendre le temps de réfléchir à l'ensemble de la situation. Plusieurs questions le minaient et il avait la très nette impression d'être constamment pressé par le proconsul. Comme si on cherchait à l'étourdir.

— Capitaine McCord, l'entendit-il persi-
fler à son oreille, beau travail. Écrouez-moi toute
cette racaille et ramenez-la directement à la Tour
centrale. Je veux que les enfants soient expressé-
ment déposés au Centre de recherches médicales, où ils sont déjà attendus par nos
chercheurs et nos médecins, et j'exige que ce soit
vous et votre unité qui les y accompagniez.
Prenez plus d'effectifs si nécessaire; je ne tiens
pas à ce que les erreurs passées se répètent. Je
vous tiens personnellement responsable de tout
aléa, McCord. Avez-vous arrêté le chef de cette
bande de vauriens?

— Négatif. Nous ignorons s'il se trouve
ici. Nous n'avons pas encore établi de contact
avec les rebelles.

— Trouvez-le-moi et vite, McCord. Nous
avons déjà assez perdu de temps comme ça!
Capitaine, ne me décevez pas cette fois-ci!

Brayan McCord, exaspéré, coupa aussitôt
le lien avec le Maître suprême, sans prendre la
peine de confirmer l'ordre reçu.

— Pauvre type! murmura-t-il pour lui-
même, avant de porter ses yeux sur une gamine
qui le dévisageait.

Son regard n'était pas craintif, bien au
contraire, et cette constatation eut pour effet de le
calmer. Intérieurement, il aurait été extrêmement
malheureux de voir qu'il générait de la peur chez

un enfant. Il aurait aimé saisir l'occasion de parler avec ces jeunes, de découvrir qui ils étaient et comment ils se portaient. Sans oublier le bonheur que pouvait procurer la présence de ces bambins. Inévitablement, ses réflexions se portèrent vers sa Mari, sa propre fille, et pendant un instant, ses yeux noirs se brouillèrent. Elle venait de fêter ses cinq ans. Cinq ans qu'il endurait son absence, toutes ces longues années durant lesquelles sa chère Mia, par ses silences, lui reprochait encore et toujours l'absence de leur enfant. Qu'aurait-il bien pu faire pour la garder avec eux ? Se terrer ici dans ce camp, rejoindre les Vindico ? Cette question le minait depuis toujours.

— Capitaine Brayan McCord, je suppose ? entendit-il dans son dos.

L'homme prit une profonde inspiration afin de reprendre ses esprits. Lentement et avec ce qu'il espérait faire passer pour de l'assurance, il se retourna vers un jeune homme aux cheveux hirsutes qui s'avançait d'un pas décidé vers lui, malgré les gardes qui cherchaient à le retenir. Derrière ce jeune insoumis, il reconnut, sans grande surprise de les retrouver là, Abrial et Audric qui le foudroyaient du regard. Légèrement sur leur droite, il aperçut les plus jeunes : Marélie, Erin et Cyricus, que leur mère, Ava et Alizée, tenaient par la main. Marine Gueldre était là également.

D'un geste de la main, le capitaine ordonna à ses hommes de les laisser venir à lui.

— À qui ai-je l'honneur? demanda-t-il, après avoir jaugé celui qu'il ne connaissait pas personnellement, mais dont il connaissait en détail la vie à travers les rapports de police qu'on lui transmettait sur les membres des Vindico.

Le capitaine avait toujours admiré ce groupe qui se démarquait par sa très grande solidarité. Jamais, durant toutes ces années où il l'avait pourchassé, il n'était parvenu à l'infiltrer, et encore moins à établir des liens avec un éventuel mouchard. Les Vindico étaient une organisation solide qui avait toujours su choisir ses membres. Jamais encore il n'était parvenu à établir claire-ment l'identité de leur chef. Il se doutait que c'était une femme, puisqu'elle se faisait appeler Ingenua, mais ce nom cachait-il réellement l'iden-tité d'une femme, ou s'agissait-il, là encore, d'un leurre? Les Vindico étaient passés maîtres dans l'art du déguisement et des faux-semblants.

— Je me prénomme Ronan, capitaine McCord. Vous connaissez déjà, je pense, Abrial Cornwall et Audric Copper, ainsi que leur fa-mille, dit-il en les désignant.

Le capitaine eut un bref mouvement de la tête, comme pour les saluer.

— Heureux de vous revoir, chers enfants, et vous, mesdames, lança-t-il avec courtoisie, comme s'il s'agissait d'une simple rencontre amicale.

Abrial eut un mouvement d'impatience et ses yeux n'exprimaient pas tout à fait les mêmes sentiments de sympathie envers celui qui avait osé le prendre en otage pour parvenir à maîtriser son père. Il y avait de cela une semaine seulement, au Centre de recherches médicales, mais il semblait au jeune Cornwall qu'un siècle s'était écoulé depuis. C'était également la dernière fois qu'il avait vu Vaiata et Naïs. Non, il ne partageait définitivement pas les sentiments courtois du capitaine.

— Je ne dirais pas que, de notre côté, nous sommes heureux de cette rencontre, capitaine, disons assez... curieuse, vu les circonstances, poursuivit Ronan. Il faut croire que ce rendez-vous était inévitable et que, tôt ou tard, nous nous serions croisés! Personnellement, j'aurais préféré plus tard, mais ce n'est pas moi qui décide... Bon, trêve de balivernes et revenons-en à nos affaires. Dans un premier temps... soyez les bienvenus, capitaine! Nous vous attendions, lança-t-il avec aplomb, en ouvrant les bras pour désigner l'ensemble des adultes.

McCord fronça les sourcils. Dur à suivre, ce Ronan, pensa-t-il, avant de répondre avec amusement:

— Vous nous attendiez?

— Effectivement, sinon nous ne serions pas ici... Pensez-vous que nous vous aurions laissé venir jusqu'à nous aussi librement, si ce n'était pas dans l'intention de vous rencontrer ?

McCord comprenait maintenant pourquoi l'intervention avait été si facile, et pourquoi ils n'avaient rencontré presque aucune résistance. Bien entendu qu'ils étaient attendus ! Les rebelles connaissaient depuis longtemps l'ordre d'attaque. C'était couru d'avance. Il avait été bien naïf de penser qu'ils allaient les prendre par surprise.

— Évidemment, comment n'y ai-je pas pensé ? prononça-t-il d'une voix sourde.

— Parce que vous n'en avez pas eu le temps, capitaine, tout simplement. Mais vous auriez dû vous douter que si nous nous trouvons encore ici, c'est tout simplement parce que nous avons choisi d'y rester. Sachez que nous sommes au courant des décisions prises avant que vous ne receviez les ordres vous-même...

— Vous êtes en train de me confirmer qu'il y a une taupe à l'intérieur de la Tour centrale, probablement au sein même de la loge des Officiers suprêmes de l'Ordre et vous m'en faites part, comme ça, aussi simplement... seriez-vous stupides ?

Abrial eut un mouvement prompt vers le capitaine, que le jeune Ronan tempéra d'un signe de la main.

— Non, capitaine, et encore moins naïf ! Simplement conscient des choix que vous allez bientôt devoir faire ! Disons que j'ai une longueur d'avance sur vous, ajouta le jeune rebelle sur un ton ironique.

— Où est votre chef ? demanda le capitaine, un tantinet exaspéré.

— Pas ici, en tout cas ! répondit spontanément le rebelle.

Décidemment, ce jeune était plein d'arrogance et cette attitude ne faisait que renforcer le profond malaise du capitaine. McCord fronça les sourcils, ses yeux noirs exprimèrent quelques questions muettes, mais il se retint de les formuler. Il réalisait tout à coup que les pères des enfants étaient absents. Il avait maintenant hâte d'en finir avec toute cette histoire qui commençait singulièrement à lui peser. Sans quitter le jeune homme du regard, il lança avec froideur à son second :

— Officier Doryan, embarquez-moi tout ce beau monde, et surtout ce jeune impertinent. Direction la Tour centrale. Mesdames, je vous prie de suivre mes hommes, formula-t-il sur un ton qui se voulait courtois mais autoritaire. Et fouillez-moi les lieux, conclut-il avec une impatience croissante.

— Attendez, je vous prie, capitaine. J'ai une requête. J'aimerais vous parler en privé, avant que « tout ce beau monde », comme vous dites, ne parte pour la Tour centrale. C'est très important.

Exaspéré et fatigué, McCord passa plusieurs fois sa main sur son crâne rasé, soupesant la demande du jeune rebelle, avant de lui faire signe d'un hochement de tête qu'il acceptait de le suivre. Allez savoir pourquoi, mais le capitaine retardait le moment d'obtempérer aux ordres du proconsul, comme s'il cherchait le moyen de les contourner. Une façon à lui de manifester son désaccord. Et puis, peut-être allait-il découvrir grâce à ce gamin où se cachait leur chef. Il n'avait rien à perdre à l'écouter.

— Restez aux aguets, Doryan, ordonna-t-il à son adjoint, avant de suivre celui qui malgré son air adolescent semblait posséder un sang-froid assez exceptionnel. Je reviens tout de suite...

En son for intérieur, la témérité du jeune le faisait sourire car, en général, les gens étaient plutôt craintifs lorsqu'ils étaient confrontés aux gardes de la Tour centrale. Mais ce jeune écervelé était plutôt à l'aise, du moins c'était ce qu'il laissait paraître.

— Je tiens à être présent, lança avec assurance Abrial en avançant d'un pas.

Ronan le considéra un instant.

— Si tu y tiens.

Le rebelle les conduisit en retrait, dans une autre pièce plus petite où se trouvaient deux fauteuils tournés vers une fenêtre qui donnait sur les champs cultivés par les Vindico. McCord ne put se retenir de contempler un instant le paysage. Toute cette verdure le décontenançait. Une fois encore, il aurait aimé prendre le temps d'en découvrir toute la splendeur. Qu'allaient devenir ces plants? Qu'allait décider le proconsul au sujet de ces cultures et de ces zones que l'on disait non viables? Il n'allait tout de même pas détruire cette preuve irréfutable que la vie des Terranoviens allait maintenant pouvoir changer... Toutefois, McCord doutait profondément des volontés réelles de son supérieur. Quelque part en lui, il savait que le proconsul cherchait à maintenir les choses dans l'état où elles se trouvaient.

— Prenez place capitaine, fit le jeune homme en désignant un siège, après avoir laissé à Brayan le loisir de bénéficier de la vue, tandis que lui-même s'asseyait dans le fauteuil qui lui faisait face.

Le Vindico, toujours plein d'assurance, savait que l'environnement dans lequel ils évoluaient influençait l'état d'esprit de ces agents de la loi. Il devinait également que leur loyauté envers le proconsul venait d'être dangereusement ébranlée par leurs découvertes.

Abrial, accoudé au rebord de la fenêtre, juste en face du capitaine, continuait de fixer ce dernier avec attention. Il savait que cet homme n'était pas méchant. Son père lui en avait longuement parlé, lui confiant qu'ils se connaissaient depuis l'enfance. Ils s'étaient connus sur Atlantide, comme lui et Audric. Il comprenait également que son rôle était de faire régner la loi et qu'il répondait aux ordres du proconsul, son chef. Mais le jeune Cornwall ne pouvait s'empêcher de repenser à leur arrestation et à ce que sa sœur et son amie avaient subi.

— J'ai des choses à vous dire, capitaine, commença le rebelle avec certitude, des informations capitales qui pourraient bien jeter une certaine lumière sur toutes vos interrogations. Nous avons, je pense, un peu de temps devant nous et j'espère l'utiliser à bon escient... Je sais bien, parce que je devine vos pensées, que vous doutez de vos motivations et surtout de celles de Théo McLess, et je peux vous certifier que je vous comprends parfaitement. Laissez-moi vous aider à y voir un peu plus clair. Peut-être que ce que je vais vous dire changera votre destin...

Le jeune Ronan se pencha vers l'imposant capitaine en chef de Terra Nova, Brayan McCord, pour lui transmettre certaines informations. L'homme l'écoutait attentivement. À chaque énoncé du jeune rebelle, les expressions de son visage trahissaient sa surprise grandissante. La tête penchée vers l'avant, les épaules affaissées, le valeureux capitaine de la Garde semblait totalement anéanti.

Abrial esquissa un sourire. Il comprenait, à l'attitude abattue du haut gradé, que de nouvelles forces venaient de se positionner sur ce vaste échiquier qui était en train de se redessiner. Sans que McCord ait à prononcer un seul mot, Ronan savait que l'homme viendrait sous peu grossir les rangs de ceux qui souhaitaient faire tomber le régime totalitaire dans lequel ils vivaient depuis trop longtemps. Il ne manquait pas grand-chose pour que soient anéanties les dernières réserves du capitaine de la Garde et ce petit quelque chose allait bientôt survenir.

Abrial porta son regard vers l'extérieur. Lui aussi anticipait de grands changements. Il se demanda cependant si cela lui permettrait de revoir Vaiata et Naïs.

La femme s'approchait. Elle ne la connaissait pas, et pourtant, son visage lui semblait si familier. Elle était magnifique avec ses yeux bleu-gris argenté, en forme d'amande, et ses cheveux blond nordique. Une grande tendresse émanait d'elle. Elle lui tendait les bras, tandis que ses lèvres gourmandes murmuraient des choses que la jeune fille ne comprenait pas. Elles se trouvaient toutes les deux dans une grande pièce aux meubles fort anciens. Des tableaux ornaient les murs, et sur l'imposante table de bois, un magnifique bouquet de roses blanches embaumait délicatement la pièce. Comment pouvait-elle connaître le nom de cette espèce qui n'existait pourtant pas sur Atlantide et où pouvaient-elles bien se trouver ? Elle ne connaissait pas ces lieux, et pourtant, ils lui étaient familiers. La décoration de cette salle et son style ne ressemblaient à rien de connu sur Atlantide. Elle tentait désespérément de comprendre ce que la femme lui disait, quand elle vit avec horreur son visage se transformer. Brusquement, la femme avait pris les traits méchants d'un vieillard austère qui la regardait avec malveillance. C'était maintenant un homme âgé au dos légèrement voûté qui s'approchait d'elle, en tendant les bras comme pour l'attraper. Ses mains osseuses se couvraient de vilaines taches brunes et ses ongles semblaient s'allonger. Son visage hideux trahissait par ses nombreuses rides son âge avancé. Vaiata jeta un regard autour d'elle : les chaleureux meubles anciens avaient fait place à un mobilier aseptisé. Sans rien y comprendre, la jeune fille réalisa soudain qu'elle était allongée, pieds et mains attachés par des sangles, sur une table de métal froid et stérile. L'homme était penché sur elle et elle pouvait presque sentir son haleine fétide. C'est alors qu'elle ressentit une douleur fulgurante lui traverser le cerveau. Une onde insupportable qui semblait farfouiller dans ses souvenirs. L'homme, elle le comprenait maintenant, sondait ses pensées. Son rire était diabolique.

De quoi devait-elle se souvenir? De qui? Pourquoi ce sentiment fugace, mais toujours si présent, d'avoir oublié quelque chose, venait-il constamment la hanter? La jeune Cornwall voulut crier, appeler son frère qu'elle apercevait maintenant derrière l'individu. Abrial lui disait quelque chose, mais elle ne comprenait pas, puis elle se réveilla dans un sursaut. Vaiata se redressa en hurlant. Aussitôt l'hologramme de Mme Gloguen se matérialisa à ses côtés, tandis que la porte s'ouvrait à toute volée sur Naïs, tourmentée.

— Encore un cauchemar, jeune Vaiata. C'est le troisième en quelques jours, lança la superviseuse d'une voix dénuée de sentiments.

— Je suis là, ne t'inquiète pas, murmura son amie en s'approchant d'elle pour la recueillir dans ses bras. Je suis là...

Vaiata grelottait de froid, et ses vêtements de nuit étaient trempés de sueur. Elle porta sa main à son front, l'endroit même où, quelques instants plus tôt, elle avait ressenti cette affreuse douleur.

— Abrial... murmura-t-elle.

CHAPITRE 5

*Société de Recherche et de
Développement de Terra Nova,
le 1er juillet, 9 h 50*

Hadrian Cornwall, Liam Copper et Erwan
Gueldre observaient attentivement le nouvel
environnement dans lequel ils venaient de débarquer, abasourdis par tout ce qu'ils voyaient.
Ils touchaient, humaient et effleuraient tout ce
qui se trouvait à leur portée : plantes, fleurs,
terre, insectes et animaux. Aucun n'osait parler.
Tant de questions les habitaient qu'ils ne parvenaient à en formuler aucune avec cohérence.
Malgré ce qu'ils voyaient, entendaient et res-
piraient, et nonobstant toutes les promesses
qu'offrait cette vision idyllique, leurs mines affi-
chaient une tristesse marquée de consternation.
Ils n'osaient pas se regarder, ni même échanger
une parole, lorsque, enfin, Liam Copper brisa le
silence. Il porta son regard sombre et préoccupé
vers le *magister* Hugh Sligeach, qui les suivait
silencieusement depuis leur arrivée dans le

laboratoire transformé en un immense jardin zoologique.

— Expliquez-moi, je vous en prie, qu'est-ce que cela? Pourquoi toutes ces... merveilles? dit-il après une hésitation, sont-elles enfouies sous terre, demeurant ainsi totalement ignorées des Terranoviens? Qu'est-ce que c'est que cette histoire? le questionna-t-il, la voix maintenant empreinte d'une certaine exaspération.

La découverte, bien qu'incroyable, avait dans un premier temps enchanté les trois pères, mais lentement, toute effervescence avait fait place à l'incompréhension.

— Dr Copper, je comprends fort bien votre irritation devant ce que vous découvrez...

— Mon irritation? le coupa sèchement le père d'Audric, en haussant le ton. Vous comprenez fort bien mon irritation, alors que nous sommes en train de découvrir que nous nous faisons berner depuis des années! Que nous ne sommes que de simples pions sur l'échiquier de nos dirigeants... De quel droit nous cache-t-on la vérité?

— Dr Copper, calmez-vous, je vous en prie. Sachez que nous ne sommes pas les méchants de l'histoire et que nous ne tentons pas impérativement de cacher des informations aux autres. Nous ne faisons, nous aussi, qu'exécuter les ordres. S'il n'en tenait qu'à nous, toutes nos découvertes seraient déjà et depuis fort long-temps connues de tous.

— Les ordres qui viennent, je suppose, de Théo McLess, demanda Hadrian Cornwall en se tournant vers Hugh Sligeach, pour obtenir confirmation de ses dires.

Le généticien lui répondit par une grimace significative et très explicite, tandis qu'au même moment, une femme élégante, âgée d'une cinquantaine d'années, se joignait à eux. Ses cheveux argent coupés au carré accentuaient la douceur de ses yeux noisette et de ses traits. De taille moyenne, la chercheuse semblait dyna-mique et très énergique. De minuscules lunettes tenaient en équilibre sur son nez délicat. L'apparition de cette femme tempéra quelque peu les ardeurs et la mauvaise humeur des trois hommes.

— Ah, Mila! Il ne manquait que vous. Messieurs, je vous présente la D^{re} Mila Éireann, éminente chercheuse en développement géné-tique. C'est en grande partie grâce aux recher-ches de Mila que nous avons pu développer aussi rapidement toutes les espèces animales et florales que vous voyez ici...

Les trois hommes saluèrent galamment la femme, qui possédait énormément de charisme, avant de suivre à travers la jungle le professeur Sligeach, qui, sans attendre les présentations en bonne et due forme, les menait déjà vers une serre où une table et des chaises les attendaient. L'ensemble, d'aspect très romantique, ressemblait à ces anciennes gravures victoriennes qu'ils avaient tous admirées au musée et où l'on voyait, dans de riches demeures, ce genre de jardin d'hiver où les gens prenaient des boissons et des collations en toute insouciance. La situation était des plus singulières, si l'on considérait que la scène se jouait à quelque 60 mètres sous la surface du sol.

— Est-ce vous également qui avez mis au point l'expérience dans les zones interdites ? demanda le père de Naïs, pour relancer le dialogue, après l'intervention un peu colérique de Copper.

Gueldre semblait vraiment intéressé par le domaine de compétence de la femme, mais Hadrian Cornwall se demanda un instant s'il ne cherchait pas plutôt à réduire les tensions en détournant ainsi la conversation. Le temps, du moins, que Liam se calme, bien que de toute évidence le père d'Audric fulminât toujours. Il tambourinait nerveusement sur l'accoudoir de son fauteuil, le regard tourné vers l'extérieur de leur cercle. Il avait perdu son flegme, pensait le patricien, et c'était tout à fait normal, après tout ce qu'ils entrevoyaient et l'effroyable mensonge dans lequel ils avaient toujours vécu. Sans oublier tous les bouleversements qu'ils avaient connus au cours des derniers jours.

La voix mélodieuse, bien que légèrement enrouée, de la femme ramena Hadrian à la réalité.

— Oui, professeur Gueldre, ces expériences se sont faites en parallèle. Bien entendu, personne n'était au courant... confirma la D^{re} Éireann, en affichant un air de connivence. Ces manipulations étaient et demeurent clandestines.

La femme tendait à chacun des visiteurs une fine tasse de porcelaine ornée de motifs floraux dans laquelle elle versait un liquide chaud, de couleur ambrée.

— Allez-y, goûtez! C'est du thé. Une boisson que nos ancêtres affectionnaient particulièrement. Nous sommes parvenus à en reconstituer les propriétés génétiques et à en faire pousser ici même, dans nos laboratoires. Le goût est... très intéressant! C'est sans contredit meilleur que nos préparations synthétiques.

Elle attendit un instant que tous goûtent à la boisson, avant de poursuivre ses explications:

— Les débuts ne furent pas simples, vous savez. Dans les premiers temps, nous avons prétexté le besoin de procéder à des analyses environnementales des zones interdites pour en établir un profil contextuel et en déduire des normes. Nul n'était alors autorisé à se rendre dans ces lieux que l'on décrivait, vous le savez déjà, comme dangereux et mortels. Les autorisations ne furent pas faciles à obtenir et il nous a fallu faire preuve de persévérance et de beaucoup de persuasion. Les démarches furent longues et astreignantes, mais les Maîtres à penser nous ont finalement octroyé les permis de recherche et les laissez-passer nécessaires. Nous étions toutefois sous haute surveillance et devions sans arrêt rendre compte de chacun de nos déplacements et de nos gestes. Procéder à l'exécution de nos plans visant à réensemencer ces zones ne fut pas chose facile. Mais finalement, nous y sommes parvenus après quelques tours de passe-passe, sur lesquels je ne m'étendrai pas.

— Vous êtes parvenus à berner les Maîtres à penser ? s'étonna Erwan avec considération.

— Oui, on peut dire cela ainsi, répondit la chercheuse, un demi-sourire aux lèvres, mais c'est tout de même plus compliqué qu'il n'y paraît. Nous étions constamment soumis au stress d'être découverts et cette pression ne devait jamais transparaître dans nos relations avec eux. Nous étions examinés à la loupe, nos moindres gestes étaient épiés et notés... Non, ce ne fut pas simple : un seul faux pas pouvait nous être fatal.

— J'imagine, D^re Éireann, que vous deviez également remettre un rapport quotidien concernant vos démarches et vos observations ? l'interrogea Liam, enfin calmé et reprenant goût à la conversation.

— Exactement, Dr Copper. D'un côté, nous fournissions un rapport extrêmement détaillé des zones interdites, en prenant soin de préciser que ces lieux étaient réellement infertiles et dangereux pour l'homme. Que la vie en dehors du dôme protecteur était impossible et que rien ne survivait aux rayons solaires. De l'autre, nous étions parvenus à délimiter une zone où nous espérions réintroduire la vie et procéder, enfin, à nos expériences. Nos rapports confirmant la dégénérescence des lieux nous garantissaient, par le fait même, une clandestinité idéale pour nos travaux. Personne n'irait traîner dans le coin pour voir si nous disions vrai. Ainsi, nous pouvions procéder à nos expériences sans nous soucier d'être découverts. Nous devions tout de même demeurer constamment sur nos gardes, bien évidemment...

— Mais des gens vivaient là-bas, non ? renchérit Liam Copper, maintenant totalement captivé.

La femme resservit du thé à tout le monde, avant de répondre.

— Non, pas encore. Ce n'est que plusieurs années plus tard que nos premiers « pionniers », si je peux les appeler ainsi, tentèrent de s'y installer pour vivre. Les premiers essais ne furent pas concluants, voire catastrophiques, et plusieurs y laissèrent la vie. Cela était d'autant plus horrible que nous ne pouvions en informer personne, puisque ces expériences étaient tenues secrètes. Des volontaires qui tentaient leur chance de leur propre chef mouraient donc presque dans l'anonymat. Ils offraient leur vie pour l'avancement de la science, si je peux m'exprimer ainsi. Une bien triste chose, en réalité. Et pourtant nécessaire ! Malgré cela, nous savions, depuis un certain temps déjà, que la vie y était de nouveau possible : nos conclusions étaient probantes. Mais les résultats positifs pour une éventuelle colonisation humaine semblaient encore trop précaires. Ce triste constat venait confirmer aux yeux de quelques membres de notre équipe que la thèse soutenue par les Officiers suprêmes à propos des risques mortels réels était, de toute évidence, une vérité, et non un leurre pour effrayer la population, comme nous le soutenions nous-mêmes. Ceux-là nous quittèrent, désillusionnés.

Sur ces entrefaites, sorti d'on ne sait où, apparut devant eux et au beau milieu de la table, renversant ainsi quelques tasses, un ouistiti qui les dévisageait de ses petits yeux curieux. D'une main agile, il saisit une des tasses, qu'il porta à sa bouche. Il goûta à la boisson chaude, pour ensuite faire une horrible grimace. Ce comportement eut pour effet de faire rire l'assemblée. D'un cri strident, il sauta sur l'épaule de Liam, puis sur sa tête, dont, d'un geste nerveux, il se mit à écarter les cheveux à la recherche de quelque chose.

— Il vous cherche des poux! Dr Copper, s'écria Mila en riant.

Au même instant apparut une jeune fille affublée d'une longue toge blanche, comme celle que portent tous les laborantins. Le sourire aux lèvres et le regard aussi espiègle que le primate, elle tenta de retirer le petit singe de son nouveau perchoir. Dans un premier temps, Liam avait éprouvé de la panique. Dans un mouvement de recul, il avait cherché à esquiver l'assaut de cet animal qu'il ne connaissait pas et qui lui apparaissait terriblement excité. Mais maintenant, il ne pouvait que s'amuser de ce petit être hyper énervé qui s'agrippait désespérément à ses cheveux en poussant des petits cris aigus. Toute l'assemblée riait de cet intermède qui venait à point nommé pour détendre l'ambiance trop sérieuse.

— Je suis désolée, lança la jeune fille, en parvenant enfin à reprendre l'animal, qui conserva tout de même dans sa puissante patte une mèche de cheveux du professeur.

— C'est un ouistiti, se crut obligé de préciser le Dr Sligeach, un petit singe des régions tropicales. Ne vous inquiétez pas, il n'est pas dangereux. Nerveux et parfois colérique, certes, mais pas agressif. Il se nourrit principalement d'insectes, de fruits et de sève.

— Ça me rassure ! lâcha en plaisantant le père d'Audric, tout en se massant le cuir chevelu.

Cette petite parenthèse avait eu pour effet de détendre l'atmosphère et c'est d'un ton plus léger qu'il invita Mila à poursuivre.

— Je disais donc que certains chercheurs nous avaient quittés, doutant sérieusement du bien-fondé de nos théories. Nous dûmes donc reformer des équipes, chercher de nouveaux collaborateurs, sans toutefois jamais trahir nos réelles motivations. Nos observations devaient être maintenues dans le plus grand des secrets et le choix de nos associés devait se faire avec intelligence. Il fallait dans un premier temps les initier à nos recherches et à nos hypothèses, sans jamais dévoiler tout à fait le but ultime de nos études. Nous devions jouer la partie avec finesse et doigté, jusqu'à découvrir leurs motivations profondes et leurs convictions. Pouvaient-ils garder ce secret ? En un mot, pouvions-nous leur faire confiance ?

La femme marqua une pause, le temps de boire, avec un mouvement élégant, une gorgée de son thé presque froid. Elle redéposa sa tasse avec délicatesse, avant de reprendre là où elle en était :

— Bon, je vous passe certains détails qui, somme toute, sont sans importance, pour en arriver à ce qui nous intéresse vraiment, soit nos observations et nos développements en recherche génétique. Nous avions obtenu des résultats plus que positifs sur de jeunes pousses en pleine croissance, mais nous n'arrivions pas aux mêmes constats lorsqu'il s'agissait de vie animale et encore moins, humaine. Nous avions besoin de plus de temps, et surtout de nous rendre sur place. Mais cette dernière option était impossible, donc non applicable. Nous devions constamment travailler en laboratoire et cette pratique, malheureusement, ne reflétait pas la réalité. Mais que pouvions-nous faire ? Nous n'avions pas d'autres choix. Nos visites sur le terrain étaient surveillées de près, sans oublier qu'elles étaient plutôt rares.

— Mais pourquoi ne pas en parler directement aux Officiers suprêmes, puisque vos théories semblaient concluantes ? demanda Erwan.

— Parce que, professeur Gueldre, c'était impossible. Si nous avions choisi de parler ouvertement aux autorités, nous nous serions butés à un mur et l'interdiction de poursuivre nos recherches aurait été immédiate. Je suis même prête à parier que nous nous serions retrouvés en prison et que nos recherches auraient, disons... mystérieusement disparu!

Le Dr Hugh Sligeach fit une drôle de figure. Hadrian constata avec amusement que ce personnage attachant possédait une impressionnante collection de grimaces.

— C'est évident, ma chère!.... L'idée véhiculée que la vie est impossible à l'extérieur de la cité fait l'affaire de plusieurs. L'illusion que rien ne peut survivre en dehors de Terra Nova maintient en place la raison d'être de la discipline et de l'ordre de la cité et c'est, pour les Officiers suprêmes, un *modus operandi*.

La même jeune fille qui était venue récupérer le ouistiti réapparut un instant parmi eux, pour aussitôt disparaître. Elle tentait de rattraper celui qui semblait être le même petit démon qui, quelques instants plus tôt, s'accrochait désespérément aux cheveux de Liam Copper. Tous la suivirent des yeux, amusés, avant de reporter de nouveau leur attention, et de façon presque simultanée, sur le vieux généticien Sligeach, qui poursuivait ses explications comme si de rien n'était.

À croire, songea Hadrian, *que ces petits dérangements font partie de leur routine!*

— Nous devions réussir! Nous avons donc persévéré silencieusement et toujours clandestinement dans nos recherches. Si la science était parvenue à reconstruire la vie sous l'eau, à régénérer les océans et à recréer un milieu de vie pour que les enfants, nos enfants, se développent normalement, nous pouvions réussir cet exploit sur Terre. C'était là ma motivation, notre motivation. Le défi était bien évidemment de taille, mais certes pas impossible.

— Mais pourquoi ? redemanda Erwan avec obstination. Pourquoi tenter de recréer un monde ailleurs ? Je comprends bien l'idée de faire avancer la science, mais ce côté clandestin m'échappe, je ne saisis pas vos motivations...

Le *magister* poussa un profond soupir d'impatience.

— Parce que, professeur Gueldre, nous voulions à tout prix développer dans ces lieux le repaire idéal pour abriter une nouvelle société.

— Les Vindico ? renchérit Hadrian, en jetant un regard de biais à Ingenua, qui demeurait étrangement silencieuse depuis leur arrivée dans les locaux, toujours soigneusement dissimulée derrière sa voilette de dentelle.

Mila suivit le regard du patricien, avant de répondre :

— Oui et non. Au début il s'agissait plutôt de groupes isolés qui cherchaient autre chose que ce que la cité leur offrait. Nous souhaitions créer un monde parallèle, composé de gens qui préféraient, si je puis dire, vivre librement. Je me souviens du premier couple qui s'y est rendu et qui a pu survivre dans cet environnement. C'était en 2067. La femme était enceinte de plusieurs semaines lorsque nous nous sommes rencontrées pour la première fois, par hasard, je dois dire. Elle venait d'avoir un petit malaise devant ma porte. Je l'ai aussitôt fait entrer chez moi pour l'ausculter et lui donner le temps de se rétablir, en attendant l'arrivée de son mari que j'avais prévenu. Nous avons tout de suite sympathisé. Très rapidement, notre conversation a débouché sur la Maison des naissances et sur l'envoi des enfants en Atlantide. Elle pleurait devant l'inévitable, c'était son premier enfant, et elle m'avoua alors qu'elle préférerait fuir avec son petit plutôt que de l'abandonner sur une île au fin fond de l'océan. Bon, peut-être pas dans des termes aussi explicites, mais c'est ce qu'elle cherchait à me dire. Du thé ? demanda la chercheuse en désignant sa magnifique théière en fonte, finement ouvragée. Tandis qu'elle remplissait les tasses pour une troisième fois, elle poursuivait ses explications : C'est alors que l'idée de faire se développer un enfant dans le ventre de sa mère, dans les lieux mêmes de sa future naissance, m'est apparue comme une évidence. Je ne comprenais pas, et je ne le comprends pas encore, comment nous n'y avions pas pensé avant ! Nous étions, cette fois-ci, convaincus que la vie serait possible dans les zones interdites.

Je sentais que je tenais là la réponse si longtemps recherchée. La mère allait transmettre elle-même à son enfant les moyens nécessaires à sa survie, elle allait lui fournir les outils nécessaires à sa défense par l'intermédiaire de ses propres anticorps. Les graines que nous avions semées avaient fourni des plants et nos analyses étaient positives quant à la qualité et à l'excellente santé de nos jeunes pousses, qui se renouvelaient maintenant seules. La souche porteuse transmettait à la future génération les armes indispensables à son développement. J'étais persuadée que nous tenions là les réponses à nos problèmes. Je lui en ai parlé et nous nous sommes tout de suite mises d'accord. Elle partirait dans ces zones avec son époux pour donner naissance à leur premier enfant. Les problèmes techniques étaient nombreux, mais pas insurmontables. Mais je ne m'inquiétais pas des résultats et des suites de cette naissance, car j'étais profondément persuadée que l'enfant allait survivre. Du moins je croyais que si l'enfant avait des problèmes de santé, ils ne seraient pas dus à l'environnement, mais plutôt à des facteurs congénitaux. La suite, vous vous en doutez : la petite Enora* est née, et très vite, d'autres ont suivi.

— Vous avez pris de gros risques, lança Liam, pleinement conscient, en tant que médecin des conséquences de tels choix.

— Oui, effectivement, Dr Copper, mais des risques calculés... N'est-ce pas ainsi que fonctionne la science ? s'écria en riant le généticien Hugh Sligeach.

CHAPITRE 6

Atlantide, le jardin du Minotaure

Vaiata et Naïs avaient donné rendez-vous à Âvdèl et Océane dans le superbe jardin public qui jouxtait la bibliothèque. Elles avaient convenu que ce genre d'endroit était le lieu idéal pour que cette rencontre demeure à l'abri des oreilles indiscrètes. Les superviseurs s'y matérialisaient rarement, à moins d'y être appelés. C'était donc là, très fréquemment, que les plus vieux se réunissaient lorsqu'ils souhaitaient avoir plus d'intimité et discuter entre eux. Les deux filles avaient réussi à faire parvenir un message à leurs amis, le plus discrètement possible, et c'est avec une certaine anxiété qu'elles les attendaient.

— Ils sont en retard, se tourmentait Naïs.

— Non, c'est nous qui sommes en avance, sois patiente. Nous ne devons pas attirer l'attention sur nous.

Pour calmer sa nervosité, Naïs fit quelques pas vers la majestueuse fontaine qui se trouvait en plein centre du parc et d'où s'écoulait une source. Tout Atlante savait, et ce depuis son plus jeune âge, qu'Atlantide possédait deux sources provenant de la montagne Sacrée, l'une chaude et l'autre froide, et que la pureté de leur eau offrait également de grandes propriétés. Personne ne pouvait expliquer la nature et la provenance de la source d'eau chaude, mais ça, quelque part, tous s'en moquaient!

Vaiata, de son côté, venait de prendre place sur un des bancs de pierre magnifiquement sculptés et mis à la disposition des visiteurs. Elle se frotta les tempes, en fermant les yeux. Ce mal de tête lancinant depuis plusieurs jours l'irritait au plus haut point et elle devait faire de gros efforts pour contrôler la mauvaise humeur que cela entraînait. Depuis son réveil, et surtout depuis la tragédie qu'elle venait de vivre, il lui semblait que sa tête allait exploser. Jamais encore elle n'avait eu de telles migraines. Lorsqu'elle ouvrit les yeux, elle se força à sourire à Océane et Âvdèl qui se tenaient devant elle, silencieux.

— Hé! Salut vous deux, s'exclama-t-elle, réellement enchantée, malgré sa souffrance.

— Nous n'osions pas te déranger... Tu ne sembles pas très en forme, susurra Océane, d'une voix calme, en prenant place à côté de son amie.

— Oh! Ce n'est rien. De simples migraines, elles finiront bien par disparaître.

— Et toi Naïs, souffres-tu également de maux de tête? s'inquiéta son amie, en interpellant celle qui venait de les rejoindre.

— Oui, mais pas aussi violents que ceux de Vaiata.

Océane se pinçait les lèvres, tout en jetant un regard à Âvdèl, ce qui n'échappa pas à Vaiata.

— Qu'est-ce que ce regard entre vous? demanda-t-elle aussitôt.

La jeune fille, une grande brunette aux yeux turquoise, glissa sur le banc pour se rapprocher de son amie.

— Oh! Rien de bien important... Nous aussi, nous avons depuis quelques jours de violents maux de tête. Mais cela est probablement explicable. Ma nounou me certifie que c'est à cause des raz-de-marée et des courants marins, mais...

— Mais tu en doutes? la pressa Vaiata.

Océane opina de la tête, avant d'ajouter en baissant la voix:

— Il se passe des choses étranges depuis quelque temps, finit-elle par dire en jetant de rapides coups d'œil à la ronde.

— Ah, vous trouvez aussi! s'écria Vaiata. Donc, nous n'imaginons rien...

Océane et Âvdèl les dévisageaient toutes les deux avec intensité, comme s'ils attendaient une suite qu'eux-mêmes n'osaient pas formuler.

— C'est exactement pour cela que nous souhaitions vous voir et que nous vous avons donné rendez-vous ici. Nous avons réalisé, Naïs et moi, que depuis cette mystérieuse plongée où Marélie, Abrial, Audric et ses frères ont soi-disant disparu, il nous a été impossible de vous voir et même d'entrer en contact avec vous. Pourquoi n'êtes-vous pas venus à la maison depuis le drame? questionna Vaiata en observant ses amis, intriguée.

Âvdèl se pencha légèrement vers Vaiata, comme pour lui confier un secret.

— Parce qu'on nous l'interdisait, répondit-il presque dans un murmure. Nos superviseurs, ainsi que Mme Gloguen, prétendaient que vous aviez besoin de calme et de repos. Et qu'il faudrait du temps pour que vous acceptiez la vérité... On nous a même interdit d'aborder le sujet en votre présence!

Océane jetait de fréquents regards autour d'eux, visiblement nerveuse.

— Mais pourquoi? Est-ce qu'ils croient que de taire cette tragédie nous aidera à mieux la surmonter... Non, il y a autre chose, je le sens. Cette histoire de plongée est de plus en plus étrange, marmonna Naïs presque pour elle-même.

Les quatre adolescents demeurèrent quelques instants silencieux, le temps de réfléchir aux quelques informations qu'ils venaient d'échanger. Vaiata fit tourner plusieurs fois une mèche de ses magnifiques cheveux blonds autour de son index, avant de demander :

— Dites-moi, vous deux, j'ai besoin de votre mémoire, de vos souvenirs, car depuis le drame, j'ai d'affreux trous de mémoire. Naïs aussi, d'ailleurs. Rappelez-moi, que s'est-il passé le soir de notre anniversaire à Abrial et moi ?

— Rien de bien particulier, pourquoi ? C'était un anniversaire comme les autres, avec cadeaux et gâteau. Abrial avait préparé, avec l'aide de Marélie, une soirée qui fut très réussie. Ah oui, pendant que j'y pense, c'est moi qui ai ton dragon hippocampe, il est vraiment spectaculaire. Je l'ai récupéré après... Tiens, je ne me rappelle pas depuis quand je l'ai chez moi... Âvdèl, aide-moi !

Le garçon ouvrit la bouche pour répondre, avant de secouer négativement la tête, les sourcils froncés.

— Moi non plus, je ne me rappelle plus, c'est bizarre, mais ça m'échappe...

Vaiata et Naïs échangèrent un regard, avant de reporter leur attention sur leurs amis.

— Ce n'est pas grave... tenta de les rassurer Vaiata, avant de relancer une autre question : Ne s'est-il pas passé quelque chose d'inhabituel durant la soirée, quelque chose d'anormal ?

Les deux amis prirent le temps de réfléchir, lorsque enfin Océane leva le doigt.

— Oui, maintenant que tu le dis, un événement est venu un peu plomber l'ambiance, si je peux dire comme ça. Abrial a reçu un livre. Bon, rien d'extraordinaire là-dedans, tu me diras, mais la particularité de cette anecdote est que ce cadeau ne venait d'aucune personne présente à la soirée.

Vaiata fronça les sourcils.

— En plus, poursuivit Océane, son emballage était affreux, un simple papier brun, une vraie laideur... Attends, que je me souvienne du titre, assez étrange d'ailleurs... Ah, zut ! Ça ne me revient pas...

Vaiata jeta un regard à Âvdèl, qui lui fit signe de la tête : lui non plus ne s'en souvenait plus.

— Attends ! Je me rappelle, un truc comme *Les Mystères du monde*. Non ! ce n'est pas ça, mais ça y ressemble... *Les Mythes du monde*, lança-t-elle avec fierté.

— Non ! Tu as tout faux, c'est : *Les Mythes et légendes du monde terrestre*, précisa Âvdèl d'une voix neutre, tandis que le titre exact lui revenait.

— Oui, c'est ça! s'exclama Océane. C'est exactement ce titre!

— *Mythes et légendes des mondes terrestres*? Mais c'est quoi au juste, ce bouquin? demanda Naïs, en haussant les épaules.

Mais Vaiata ne répondit pas. Quelque part dans son esprit, elle tentait de réunir ses pensées. Elle sondait les méandres de son âme pour retrouver ce qui faisait écho aux propos de ses amis. Elle avait l'impression de toucher une réponse du bout des doigts, mais celle-ci s'évanouissait aussi rapidement. Sa migraine s'amplifiait, et la jeune fille se prit la tête entre les mains.

— Veux-tu qu'on te ramène chez toi? proposa dans un murmure Océane, tandis que les deux autres, impuissants, regardaient Vaiata, qui semblait réellement souffrir.

D'un signe de la tête, elle leur fit signe que non.

— Laissez-moi une minute, ça va passer, finit-elle par murmurer.

Et ils demeurèrent ainsi de longues secondes, silencieux. À un jet de pierre d'eux, de jeunes enfants couraient derrière un ballon rouge, en riant. Vaiata releva la tête pour les regarder, lorsque ses magnifiques yeux marine se brouillèrent de larmes.

Marélie, ma petite crevette grise... ma douce Marélie... murmura-t-elle. Sans retenue,

elle se mit à pleurer. Soudain, elle se sentait épuisée, impuissante et terriblement confuse.

Naïs et Océane tentèrent de la réconforter,
tandis qu'Âvdèl, dans son coin, regardait d'un air
affligé les enfants qui, inconscients du drame
qui se jouait à quelques pas d'eux, continuaient
de s'amuser et de rire. Il tenta, encore une fois,
d'imaginer Marélie, Erin et Cyricus en train de
se faire avaler par l'horrible monstre qu'on leur
avait décrit, le Léviathan. Le jeune homme
frissonna.

Les quatre amis demeurèrent un long
moment silencieux, unis dans une prière muette
pour ceux qu'ils aimaient et qu'ils avaient
perdus.

Il fallait laisser faire le temps, car lui seul
avait le pouvoir de permettre aux profondes
blessures de Vaiata et de ses amis de se cicatriser.
Le regard perdu loin devant elle, la jumelle
Cornwall avait cessé de pleurer, mais s'isolait
dans un profond mutisme. Ses complices, toujours à ses côtés, échangeaient dans des murmures respectueux différents points de vue. Ils
étaient persuadés que Vaiata ne les écoutait pas,
et pourtant, elle ne perdait rien de leur échange.

— ... J'ai... comme vous, l'impression,
énonça Océane, qu'il se passe des choses en
coulisse... Trop de petits détails irréguliers qui ne
cadrent pas dans notre quotidien, toujours si...

routinier, si uniforme! Et ça, depuis, je dirais... leur anniversaire. Elle désignait du menton Vaiata, qui fixait toujours l'horizon Et ça remonte maintenant à plus d'une semaine.

— Oui, tu as raison! Je pense la même chose que toi, confirma Naïs. Trop de questions et bien peu de réponses. Il n'y a aucune cohérence dans ces incidents que l'on nous affirme être survenus! Toutes les deux, dit-elle en désignant son amie, nous avons des pertes de mémoire quant aux événements passés, et toutes les deux éprouvons d'affreuses migraines. Et puis, pourquoi nous a-t-on placées dans le même appartement? Je ne comprends pas. Nous ne sommes pas sœurs... Bon, je constate, c'est tout, parce que, honnêtement, je suis plutôt contente de me trouver là, puisque, avant, je vivais dans les Communs. Mais je n'ai encore jamais entendu parler d'un cas où deux amies demeurent ensemble dans le même logis...

— Vous savez quoi, les filles, je viens de me rappeler quelque chose, engagea Âvdèl. C'est peut-être sans importance, mais ça me revient maintenant, à force de farfouiller mes pensées et de discuter de tout cela. Te rappelles-tu, Naïs – je crois que tu n'étais pas là –, Océane, ma mémoire est incertaine, que les jumeaux nous avaient demandé de les rejoindre au bassin de plongée, quelques jours après leur anniversaire?

Ce rendez-vous était plutôt inhabituel et si bizarre. Lorsque nous les avons rejoints, Abrial nous a raconté qu'ils avaient fait, avec Vaiata, certaines découvertes inexplicables... Je me rappelle qu'il nous a parlé du bijou que Coralie avait reçu pour son anniversaire, de sa signification et de son pouvoir apaisant. Et puis, il nous a expliqué, je ne me rappelle plus trop des détails, qu'ils avaient trouvé un passage dans une grotte, mais que le temps leur avait manqué et qu'ils avaient décidé de refaire une plongée...

— De nuit! le coupa Vaiata en se redressant, tandis que les autres la dévisageaient, étonnés. Ça me revient maintenant, je me souviens moi aussi de cette rencontre... Non, Océane n'était pas là. J'ignore pourquoi. Nous n'étions que toi, dit-elle en pointant du doigt Âvdèl, Naïs, Audric, Abrial et moi. Oui, Marélie était à ses cours de plongée, ça me revient...

— Une plongée de nuit? répliqua Océane. Qu'est-ce que c'est que cette histoire? On ne plonge jamais la nuit! Et pourquoi est-ce que j'étais absente de cette réunion?

Les trois amis haussèrent presque simultanément les épaules.

— On ne plonge jamais de nuit, tout comme on ne cohabite pas ensemble lorsqu'on n'est pas de la même famille, ajouta Naïs pour réaffirmer la particularité des deux événements.

— Ouais ! tu as raison, Naïs... Et d'un autre côté, c'est tout de même surprenant. Pourtant, j'atteste ce que Vaiata vient de dire, je me rappelle fort bien maintenant qu'il en était question, certifia le garçon.

— C'est quand même des plus curieux qu'aucun de nous ne se souvienne de ces détails, remarqua Naïs sur un ton irrité. Ouais ! Plus nous en discutons, plus je pense que nous avons là une singulière histoire et que nous n'avons pas tout à fait tort de supposer que l'on nous cache des choses. Cela dit, je suis d'avis que nous tentions de découvrir ce que toutes ces étrangetés cachent réellement.

— Entièrement d'accord avec toi, confirma la jumelle en opinant de la tête, à l'instar d'Océane et Âvdèl. Tiens, c'est prodigieux, ma migraine semble se dissiper.

Zones interdites,
quelque deux heures après l'attaque
surprise de la Garde de la Tour centrale

Abrial avait rejoint Marélie, Audric et les autres dans la salle commune, pour leur expliquer ce que Ronan était en train de faire avec le capitaine Brayan McCord. Durant ce temps, ceux qui avaient été anesthésiés émergeaient lentement de leur torpeur et tout le monde attendait patiemment dans la salle. Un certain calme émanait de cet étrange tableau. Aucune tension ne s'en dégageait et l'on pouvait même voir, dans certains coins, des gardes discuter jovialement avec des rebelles. La situation était des plus inattendues et quiconque serait entré à ce moment-là ne se serait jamais douté que, quelques heures plus tôt, ces mêmes gardes tiraient des fléchettes soporifiques sur ces gens qu'ils avaient ordre d'arrêter.

Le jeune Cornwall discernait un peu mieux, à présent, les intentions des Vindico et il les approuvait. Il savait maintenant que ces rebelles œuvraient pour leur liberté et, malgré l'aspect compliqué de l'affaire, il distinguait nettement la voie qu'ils avaient choisie. Il espérait seulement que les prochains événements permettraient à ses proches et à lui-même de retrouver Vaiata et Naïs en pleine forme. Pendant un instant, il vit les traits de la jeune blonde se matérialiser devant ses yeux. Il distinguait parfaitement ses longs cheveux bouclés et son charmant grain de beauté sous l'œil droit. Son regard se fit plus doux, plus rêveur, Naïs était réellement une très jolie fille. Il s'apercevait, depuis quelque temps, qu'elle aussi lui manquait terriblement.

— Hé ! Ce n'est pas le temps de rêvasser, lui balança Audric en lui décochant un coup de coude dans les côtes. Ça fait cinq minutes que je te parle et tu n'écoutes pas...

— Hein ? Quoi ? Mais de quoi parles-tu ?

— C'est bien ce que je disais, tu es ailleurs... Pendant une seconde, Audric le fixa avec bienveillance, et Abrial se demanda si son ami devinait l'objet de ses pensées. Bon, que faisons-nous ? Il me semble que nous sommes bien calmes depuis quelque temps... Et je n'aime pas beaucoup l'idée que nous demeurions des spectateurs dans toute cette aventure qui, je te le rappelle, a débuté avec nous !

— Et que veux-tu faire ?

Audric se pencha vers son ami pour lui murmurer à l'oreille :

— Je sais par où Ingenua a mené nos pères et je sais également qu'au bout de ce tunnel, des engins mobiles sont soigneusement dissimulés dans des bosquets...

Abrial se redressa pour plonger son regard dans celui de son compère. Sans que celui-ci n'ait à s'expliquer, le jeune Cornwall comprit exactement où il voulait en venir.

— Et comment ferons-nous, une fois sur place ?

Audric haussa les épaules en faisant une drôle de moue.

— Nous improviserons! Nous avons l'habitude, maintenant!

— Quoi? Quoi? De quoi vous parlez? Je veux savoir... Qu'est-ce qu'on improvisera? s'écria Marélie en tirant sur l'épaule de son frère qu'elle ne quittait jamais.

Abrial reporta son attention vers elle, avant de la prendre dans ses bras.

— Dis donc, tu deviens lourde, la crevette! Trop de crêpes!

— C'est pas vrai, rouspéta la gamine en lui faisant de gros yeux. Je n'en ai pas mangé, ce matin. De quoi, on improvisera? rajouta-t-elle dans un même souffle.

Abrial sourit devant ce minuscule bout de femme qui ne perdait jamais rien de l'idée qu'elle avait en tête.

— Rien, la crevette, rien... Nous parlions juste de la suite des événements...

— Quoi? Quelle suite?

— Ben rien, justement! Puisque nous ne savons pas encore ce qui va se passer. En fait, nous devons attendre le retour d'Ingenua et de nos pères pour connaître la suite des choses, et je disais à Audric, à ce propos, que nous allions devoir improviser.

La gamine lui jeta un regard curieux et scrutateur, et Abrial vit bien dans ses profonds yeux marine qu'elle ne gobait pas un seul mot de ce qu'il venait de lui raconter.

Décidément, cette gamine est ahurissante ! Impossible de lui en passer, mais elle va devoir se contenter de ça... songea-t-il en détournant la tête, presque intimidé par le regard inquisiteur de sa jeune sœur.

Ava, qui venait à leur rencontre, tendait déjà les bras pour saisir Marélie, qui se laissa faire. Abrial soupira d'aise. Elle arrivait au bon moment pour détourner l'attention de la gamine. La cadette des Cornwall cala sa tête dans le creux de l'épaule de sa mère, visiblement fatiguée par cette longue et si particulière journée.

Abrial et Audric échangèrent alors un coup d'œil rapide. Leur décision était prise et ils se comprenaient parfaitement.

CHAPITRE 7

*Société de Recherche et de
Développement de Terra Nova,
25ᵉ étage sous le niveau du sol.
Deux heures après l'attaque du
campement des Vindico*

— Et comment êtes-vous entrée en contact avec
ces chercheurs ? demanda finalement Hadrian à
Ingenua qui demeurait toujours muette.

Le patricien venait de se tourner vers elle,
pour lui faire face. C'était la première fois qu'il
se manifestait vraiment depuis leur arrivée dans
ces locaux. Il avait écouté les discours des deux
chercheurs dans le silence et le respect, mais
jamais il n'avait perdu de vue la présence de la
rebelle, cette éminence grise. Son silence était
troublant et le patricien était quelque peu fas-
ciné par le mystère qu'elle dégageait.

— Oui, je sentais bien que c'était la
question qui vous préoccupait, monsieur
Cornwall, formula-t-elle enfin. Mais ne soyez pas
si pressé. Chaque réponse arrive à point quand

on sait poser les bonnes questions et surtout écouter. Votre fils vous ressemble tellement...

Cette voix... songea le patricien, *cette voix... mais à qui appartient-elle?* continuait-il de se dire, en ne la quittant pas des yeux.

La chef des rebelles se lança alors dans les explications tellement attendues par les trois pères de famille.

— Je vais donc vous fournir quelques détails sur notre union, si je peux appeler cela ainsi. Comme le Dr Sligeach et la D^{re} Éireann viennent de l'expliquer, les tests étaient une réussite. Les mois et les années passèrent, grossissant toujours un peu plus les rangs de nos *pionniers*, pour reprendre le terme de Mila. Ces groupes tentaient isolément et par différents moyens d'informer la population de Terra Nova sur la vérité de leur propre existence, mais leurs gestes, trop isolés, justement, étaient totalement ignorés. Ces gens étaient tout simplement considérés comme des bandes d'utopistes à la recherche du monde idéal, et les Maîtres à penser entretenaient soigneusement cette image. Des agitateurs, comme il y en a toujours eu au cours de l'histoire de l'humanité. Rappelez-vous les titres des informations quand un groupe parvenait à faire parler de lui. Il passait alors pour des hurluberlus en quête d'absolu, et certains, pour des prophètes de malheur !

Tous opinaient de la tête aux propos de la chef des rebelles, se rappelant effectivement les mentions et les étiquettes dont ces groupes isolés se voyaient affublés.

— C'est alors, poursuivit Ingenua, que nous avons eu l'idée de lier tous ces groupes dispersés pour n'en former qu'un. Dès les premiers instants où ces *pionniers*, devenus entre-temps les Vindico, ont été unis, nous avons tout de suite compris que nous formions désormais une véritable force. Il ne nous restait plus qu'à élargir notre réseau en y incorporant des gens qui auraient un certain pouvoir décisionnel ou encore scientifique, appuyant ainsi et confirmant nos revendications. Nous cherchions à devenir crédibles, et, par conséquent, nous serions écoutés. Nous ignorions encore que les recherches – de sa main délicate, Ingenua désigna l'ensemble des installations dans lesquelles ils se trouvaient – étaient aussi avancées, mais nous savions par quelques groupes de rebelles dispersés que les résultats étaient évidents. La vie pouvait de nouveau évoluer.

Ingenua souleva légèrement son voile, pour boire une gorgée de son thé. Avec discrétion, Hadrian tenta d'apercevoir son visage. Mais l'ombre de la voilette, projeté sur le visage énigmatique, ne lui révéla absolument rien.

— Personnellement, poursuivit la chef des rebelles en tournant légèrement la tête vers lui, j'avais vu de mes propres yeux un enfant naître et se développer normalement. Il n'en fallait pas plus pour me persuader de tenter de convaincre des sommités de se joindre à notre organisation. Nous ignorions alors que ces résultats étaient le fruit de leurs recherches et que la vie était également leur priorité. Je connaissais déjà le Dr Hugh Sligeach depuis bon nombre d'années, mais j'étais loin de savoir qu'il était l'instigateur de ces avancées. Comme vous l'avez compris tout à l'heure, le secret était de mise. Nous ignorions tout des réelles intentions de l'autre, vous comprenez. Nous étions dans une période sombre, et personne n'osait parler ouvertement de ces incroyables découvertes, et encore moins de ces gens qui se terraient dans les zones interdites. Le sujet était, disons-le, presque tabou et nous avions tous peur de nous réveiller en prison. Chacun de nous œuvrait de son côté, sans rien savoir des intentions des autres. Mes recherches furent assez longues, mais quelle ne fut ma joie de découvrir que le père de ces résultats était mon vieil ami Hugh et sa chère associée, Mila. Je vis en cela un clin d'œil du destin, un encouragement.

Ingenua serra la main du vieux savant qui se trouvait près d'elle, et sous sa voilette, tous devinèrent un sourire.

Cela signifie que le Dr Sligeach connaît la réelle identité d'Ingenua, pensa Hadrian. *Intéressant !*

— Il ne me fut pas difficile de convaincre Hugh et Mila de joindre nos rangs... enchaîna la chef des rebelles. Eux-mêmes, étant parents, comprenaient depuis toujours les enjeux... Nous avons alors rapidement mis au point d'autres types d'expériences en dehors de ce centre de recherches. Nous devions créer la vie en pleine nature, sous toutes ses formes et toutes ses espèces. Nos espoirs et nos efforts furent rapidement récompensés. Sans que nous nous en doutions, nous venions de donner le petit coup de pouce qui manquait à mère nature pour se régénérer elle-même. En introduisant et en pollinisant nos pousses, nous avions déclenché une réaction en chaîne. Le reste s'est fait naturellement, sans que nous nous impliquions davantage. Nous n'avons eu qu'à procéder à quelques expériences de viabilité et de qualité pour nous apercevoir que tout était parfaitement au point. La nature est bien faite : elle parvient toujours à retrouver le chemin de la vie.

Le professeur Gueldre se frottait le menton, les sourcils légèrement froncés, comme si quelque chose le turlupinait.

— Bon, je comprends fort bien vos explications, *magister* Sligeach et Dr Éireann, ainsi que les vôtres, Ingenua. Elles viennent clairement répondre à une multitude de questions. Mais je m'interroge toujours sur les raisons qui vous poussent à taire vos expériences, et surtout les résultats de ces recherches. Votre camp ne compte pas moins de 43 enfants en pleine santé. N'est-ce pas là une réalisation qui mérite d'être connue de tout Terra Nova ? Pourquoi demeurent-elles encore clandestines ? Et surtout, pourquoi cherche-t-on à réduire votre organisation au silence ?

Liam Copper désigna l'archéologue de la main pour lui donner raison et ainsi témoigner de ses propres interrogations.

— Mais, cher professeur Gueldre et vous Dr Copper, vous ne comprenez pas que cela ne fait pas l'affaire des Maîtres à penser, principalement et surtout du proconsul Théo McLess, riposta Ingenua dans un mouvement d'impatience, tandis qu'elle se levait pour faire quelques pas, les poings sur les hanches.

— J'entends bien, mais pourquoi ? C'est cela que je ne saisis toujours pas. Je suis peut-être lent, mais je ne comprends toujours pas les raisons d'un tel refus. Qui refuserait la possibilité de voir la vie de nouveau s'épanouir ?

— Parce que, monsieur Gueldre, Théo McLess est un homme infâme qui ne pense qu'au pouvoir. C'est un être qui ne tolère pas la désobéissance, et surtout pas le manque de contrôle. C'est un assoiffé de pouvoir qui ne songe qu'à ses propres désirs. S'il pouvait se passer des autres Maîtres à penser, il n'hésiterait pas un instant. En maintenant un contrôle absolu sur les expériences en cours et sur l'information, en dissimulant la vérité aux Terranoviens, il contrôle leur vie. Il contrôle tout Terra Nova. Il est et demeure le Maître suprême.

La chef des rebelles s'emportait et l'on sentait parfaitement, au timbre de sa voix, qu'elle était fâchée.

— Oui, mais pourquoi? En quoi cela viendrait-il changer les choses si les gens savent qu'ils peuvent dorénavant vivre avec leurs enfants? Qu'est-ce que cela changerait à son règne, puisqu'il s'agit de cela?

— Mais parce que, professeur, les Terranoviens n'auraient plus comme ultime objectif le bon rendement et le travail. L'arrivée des enfants dans la vie des gens les oblige à ralentir leur course et à prendre soin de ces petits êtres. Le rendement, voilà la clé de l'énigme, messieurs, le rendement. Terra Nova ne fonctionne-t-elle pas mieux sans enfants? Pas besoin de créer d'écoles, de garderies, de congés parentaux, personne ne s'absente parce que son petit dernier est fiévreux. Le rendement, professeur Gueldre, le rendement! Lorsque nos jeunes quittent Atlantide, le jour de leur dix-huitième anniversaire, ce ne sont plus des bébés, ils sont parfaitement autonomes. Après quelques mois d'insertion dans notre monde, ils sont tout à fait aptes au travail et donc à rentrer dans le moule pour le bon fonctionnement et la progression de la cité. Ils deviennent de bons petits travailleurs comme leurs parents, ils rentrent dans les rangs pour nourrir et entretenir cet énorme monstre qu'est Terra Nova. Les enfants ne sont pour le proconsul que des êtres sans importance, mais tout de même des adultes en devenir. Donc, éventuellement des individus indispensables à l'évolution de la cité. McLess n'a pas d'enfant lui-même. D'ailleurs il n'est même pas marié. Il aime tant le pouvoir qu'il ne peut supporter de le partager avec quiconque. Il est le maître du monde!

— Mais il ne demeurera pas éternellement à la tête de Terra Nova, puisque déjà son mandat se termine, défendit Hadrian, tout en ayant la désagréable impression que ses paroles étaient plutôt insignifiantes.

Lorsqu'il vit Ingenua faire quelques pas dans sa direction, il comprit qu'elle avait une réponse à cela aussi. La chef des rebelles se pencha légèrement vers lui pour lui demander d'une voix neutre:

— N'avez-vous pas entendu parler de sa nouvelle loi sur la pérennité du proconsulat, patricien Cornwall ? Il s'agit d'un nouvel édit sur un pouvoir perpétuel que McLess a déjà fait adopté.

— Que dites-vous là ? s'écria Hadrian en bondissant de sa chaise.

— Uniquement la vérité, monsieur Cornwall. Le proconsul est parvenu à faire voter cette loi en douce. Nous savons de source sûre qu'il a fait pression sur les autres membres de l'Ordre de la Communauté. Il a l'intention d'en informer la population lors de la fête de la Lune, le 9 juillet prochain. L'édit a été voté en toute légalité, patricien, sauf que le peuple n'en a jamais été informé, ni même vous, semble-t-il. Ingenua se tut un instant, le temps que le patricien prenne pleinement conscience de la situation. Vous savez, monsieur Cornwall, pour l'ensemble de la population de Terra Nova, le proconsul fait de l'excellent travail. Il œuvre pour la cité et pour son peuple et ses actions sont efficaces... Il ne sera donc que très peu contesté. Pendant quelques jours, sa proclamation fera la une des nouvelles, et puis après, la communauté passera à une autre préoccupation. Les gens oublient vite !

Le patricien semblait consterné par ce qu'Ingenua venait de lui dire, car il saisissait avec exactitude toute la gravité d'un tel événement. Par entêtement et parce qu'il n'était pas du genre à se laisser intimider par les événements, il se redressa avec assurance.

— Mais je peux user de mon droit de veto et contester ce nouvel édit, renchérit avec aplomb Cornwall. Je ne suis certes pas Officier suprême, mais tout de même patricien, comme tout Cornwall, et ce, depuis quatorze générations. À ce titre, je possède un droit de veto. Ce privilège me procure le pouvoir d'influer sur les décisions prises en faveur de la population ou contre elle.

— Peut-être, mais vous serez le seul à contester ce verdict, patricien. Cela ne servira qu'à ralentir le processus en cours, puisque, comme je vous l'ai dit, le *bill** a déjà été accepté. Et si quelques-uns se joignent à vous, vous serez trop peu nombreux pour gagner cette bataille. Avouons-le, elle est perdue d'avance...

Hadrian Cornwall allait ouvrir la bouche pour ajouter quelque chose, mais il se ravisa en comprenant l'inutilité de ses protestations. Il secouait la tête, totalement abasourdi par ce qu'il venait d'apprendre. C'était la première fois, depuis toujours, que son autorité nobiliaire ne lui servait à rien devant des décisions publiques. Jamais auparavant un patricien n'avait été écarté ainsi des ordonnances et des jugements en cours. Il comprenait qu'il n'y avait plus rien à faire. La seule option qui restait était le refus global de la part des Terranoviens. Et ça, c'était loin d'être gagné!

Ingenua, qui semblait suivre le cheminement de ses pensées, formula à voix haute la suite des choses, en retournant à sa place :

— C'est pour cette raison que nous avons mis en branle notre vaste opération. Ce n'est pas par l'information que nous parviendrons à nos fins, mais bien par les preuves que nous possédons. Nous allons maintenant pouvoir prouver au peuple qu'il se fait berner par un hypocrite doublé d'un dictateur. L'arrivée programmée de vos enfants à Terra Nova vient consolider nos preuves. En voyant ainsi des Atlantes débarquer sur l'île, les Terranoviens ne pourront plus qu'admettre l'authenticité de nos résultats et donc qu'ils sont victimes d'une conspiration visant à les maintenir dans l'ignorance, vous comprenez ? Plus personne ne pourra mettre en doute nos allégations, ni même crier à l'imposture. Mais nous devons agir rapidement. Il ne nous reste plus beaucoup de temps avant que le nouvel édit soit officiellement annoncé. Si nous échouons et que McLess prend définitivement le pouvoir, il deviendra impossible de le destituer. Il deviendra le seul et unique Maître de Terra Nova, et ses décisions ne connaîtront plus de contestations. Plus personne ne pourra s'opposer à lui et nous aurons perdu temps et vies pour rien. Nos efforts seront réduits à néant, et Théo McLess jouira de son pouvoir pendant encore de très longues années, croyez-moi. Nous devons agir maintenant, avant qu'il ne soit trop tard. La chef des rebelles se tut le temps d'une pensée, avant d'ajouter : Nos enfants comptent sur nous, messieurs...

Un léger signal se fit entendre.

— Excusez-moi, je vous prie, dit-elle avant de s'éloigner du petit groupe.

Elle venait de recevoir une communication. Tous suivaient des yeux cette conversation qu'ils n'entendaient pas et qui se déroulait entre Ingenua et un hologramme miniature. L'identification de son correspondant était difficile à établir, à cause de la petitesse de l'icône et de la distance à laquelle ils se trouvaient. L'image disparut rapidement, avant qu'elle ne revienne vers le groupe.

— Messieurs, nous devons partir. La Garde vient d'envahir le campement. On nous attend.

— Mais vous n'avez pas été prévenue avant ? s'écria le Dr Sligeach, en se redressant avec fougue. Cet assaut est-il une surprise, Ingenua ? En vous rendant là-bas, vous allez vous jeter dans la gueule du loup, lança-t-il de façon saccadée avec une grande nervosité dans la voix.

— Non, Hugh. Ne vous inquiétez pas. Nous savions qu'ils allaient attaquer. Nous ignorions, toutefois, que ce serait de si bonne heure. Malheureusement, je n'ai plus mon contact à la Tour centrale... Mais soyez sans crainte, cher ami, Ronan les a vus venir et nous étions depuis longtemps préparés à cette éventualité. C'était prévisible ! Il sait ce qu'il a à faire, et d'ailleurs, la situation est sous contrôle, mais nous devons partir maintenant. Ronan est parvenu à convaincre le capitaine McCord d'attendre que nous arrivions. Je ne risque rien. Le capitaine ne m'arrêtera pas et vous le savez, conclut-elle, en posant sa main sur l'épaule du vieillard... En route.

Cité de Terra Nova.
Bureaux de direction
des Officiers suprêmes

— Proconsul, nous ne parvenons pas à établir le contact ! lança, non sans crainte, le jeune soldat de la Garde, qui venait faire son rapport.

Depuis maintenant deux heures, ils tentaient désespérément de contacter le capitaine Brayan McCord, qui demeurait étrangement silencieux. D'ailleurs, aucun membre de l'escadron se trouvant dans les zones interdites ne répondait à l'appel. Ce silence inquiétait doublement la sécurité, puisqu'aux dernières nouvelles, McCord et ses hommes étaient parvenus à capturer tous les rebelles. Il ne manquait plus à ce splendide tableau de chasse que leur chef.

— Trouvez-le-moi. Le jeune opérateur radio fit son salut protocolaire, même si le proconsul lui tournait le dos et allait repartir, quand il entendit de nouveau le Maître suprême s'adresser à lui : Et ne réapparaissez plus devant moi, si c'est pour me dire de telles inepties. Je ne veux rien savoir de votre incompétence !

Théo McLess se tenait debout près d'une immense baie vitrée qui surplombait la cité de Terra Nova. Il venait souvent dans ce bureau qu'il s'était réservé au sommet même de la Tour centrale ; c'était l'un de ses lieux de prédilection pour réfléchir. Cette vue lui avait toujours procuré un grand bien-être et une profonde sensation de pouvoir absolu. Ici plus qu'ailleurs, il avait le sentiment de dominer les choses et les événements. La loge privée des Officiers suprêmes n'était à ses yeux qu'un lieu d'apparat pour les rencontres officielles, alors que ce bureau chapeautait la tour de contrôle de Terra Nova, le point névralgique de la cité : son cœur et sa tête.

— Qu'en pensez-vous, Guerlédan ? énonça-t-il après que le conscrit eut passé la porte.

L'homologue de McLess se tenait en retrait, presque caché dans un haut et profond fauteuil, du côté sombre de la pièce. L'Officier suprême se tenait coi depuis le début de l'attaque menée par le capitaine McCord. Jamais il ne s'autorisait à parler le premier, attendant toujours stratégiquement que le proconsul l'invite à le faire. Cet homme rusé savait par expérience qu'il valait mieux agir dans l'ombre que de s'imposer par la force. Il laissait McLess agir, sans jamais toutefois perdre de vue une seule seconde les faits et gestes de ce dernier. Guerlédan était le genre d'homme à se rallier aux plus forts et surtout à profiter de leur naïveté, ou encore, comme c'était le cas pour Théo McLess, de leur ego démesuré qui les poussait à vouloir à tout prix accaparer le pouvoir. Pour Uilliam Guerlédan, le proconsul était un guignol facilement manipulable et en le plaçant sur le trône, il ne prenait aucun risque tout en bénéficiant, bien au contraire, de tous les avantages. Le réel pouvoir, aimait-il à penser, est celui de tirer les ficelles des pantins en place.

— Vous le savez, j'ai toujours douté de la bonne foi de Brayan McCord, laissa-t-il tomber sans préambule.

Le proconsul, le regard toujours rivé vers l'extérieur, ramena ses deux mains dans son dos, comme à son habitude. Il s'était bien évidemment douté que son conseiller allait lui sortir ce genre de phrase. Il le connaissait depuis tellement longtemps déjà qu'il anticipait ses réponses. Mais il savait également qu'il avait parfois besoin de son avis pour mieux saisir certaines situations dans leur globalité. L'officier Guerlédan faisait partie des quelques gens qui pensaient comme lui, et donc, qui l'appuyaient dans le développement d'une cité meilleure. De plus, cet homme, quoi que McLess en pensât, avait toujours une idée assez juste des gens et des situations.

— Mais encore? cherchait à l'encourager le proconsul afin de connaître le fond de sa pensée.

— Ce McCord, poursuivit Guerlédan en scrutant attentivement ses mains à la recherche d'une saleté imaginaire, n'a jamais démontré d'intérêt pour nos idées; il ne partage pas nos ambitions. Par conséquent, il ne met pas la même énergie dans son application. La preuve en est que nous ignorons toujours qui dirige les Vindico... Quel capitaine! Depuis le temps, il n'a jamais pu arrêter le chef de ces rebelles, qui, avouons-le franchement, a toujours eu une longueur d'avance sur lui. Combien de fois nous a-t-il affirmé qu'il allait enfin mettre la main dessus et combien de fois est-il revenu bredouille? À croire que l'autre connaissait d'avance ses moindres faits et gestes. Bien entendu, nous savons qu'il y a des taupes au sein de notre organisation et j'ai ma petite idée là-dessus, mais la vraie question que nous devons nous poser est: Comment se fait-il que nous ne parvenons pas également à les infiltrer? Je te l'ai toujours dit, Théo, ce McCord est un incompétent, qui plus est, un sentimental! Je connais ses pensées, il est si transparent, si prévisible... ce grand utopiste rêve secrètement du retour des enfants.

Le proconsul, toujours de dos, fulminait à l'écoute des propos désobligeants de l'officier. Non pas ceux tenus sur McCord, mais bien sur lui: il détestait qu'on l'appelle par son prénom et surtout qu'on lui parle ainsi, avec autant de liberté. Ce Guerlédan avait toujours eu envers lui cette condescendance méprisante, alors qu'il était LE Maître suprême.

McLess se promit, encore une fois, que dès que sa loi sur la pérennité du pouvoir serait officialisée, il réduirait au silence ce prétentieux personnage. Il pouvait très bien se passer de ses conseils. Après tout, c'était lui le Maître et toutes ses décisions ne pouvaient qu'être les bonnes. Il trouverait facilement à remplacer ce pédant personnage.

Puis, le proconsul mit de côté ses pensées personnelles pour demander à son conseiller :

— Donc, si je t'ai bien compris, Uilliam, tu suggères qu'il y a un traître parmi nous ?

Guerlédan, qui semblait sonder le proconsul, prit un moment avant de répondre sur un ton qui se voulait railleur :

— Cher Théo, tu ne vois pas qui ? Pourtant, c'est d'une telle évidence, voyons...

McLess inspira profondément avant de se tourner très lentement vers l'officier, qui lui, demeurait toujours profondément absorbé dans l'inspection méticuleuse de ses mains.

— Non, je ne vois pas.

— Mais voyons, ce cher Andrec Owney, qui d'autre ?

— Owney ? s'exclama le proconsul en fronçant les sourcils.

McLess baissa la tête un instant, tout en réfléchissant à ce que venait de lui dire Guerlédan.

— Se pourrait-il, demanda-t-il enfin, que ce soit lui le chef des rebelles ?

— En tout cas, il serait drôlement bien placé pour obtenir des renseignements. Cela expliquerait bien évidemment que ton cher capitaine ne parvienne jamais à lui mettre la main au collet.

— Oui, oui, bien sûr, Owney, pourquoi pas ? marmonna-t-il en aparté, ça expliquerait tellement de choses... Comme ces indices découverts par les enfants en Atlantide et qui les ont menés jusqu'à nous. Qui d'autre qu'un officier suprême pouvait se rendre là-bas ? Il lui a suffi d'accompagner une équipe de nuit lors d'un anniversaire et hop ! le tour était joué. Ni vu ni connu... Bien entendu ! Comment n'y ai-je pas pensé avant ?

Guerlédan, toujours en retrait dans son coin, laissa transparaître un demi-sourire devant la naïveté du proconsul.

Tellement manipulable et si peu réfléchi !

CHAPITRE 8

Zones interdites.
Quelques heures après la prise d'assaut
du campement des Vindico

— Tiens, je crois que nous y sommes. D'après ce que j'en sais, nous ne devons plus être très loin... Là, regarde, c'est ici.

Audric poussa la lourde porte de métal, qui s'ouvrit sans efforts sur un paysage austère et vicié. Ils se trouvaient, Abrial et lui, à l'extérieur des limites du campement, là où, le matin même, Ingenua était passée en compagnie de leurs pères.

— Mais comment as-tu pu te procurer ces cartes et ces infos? demanda, non sans une certaine admiration, le jeune Cornwall à son ami.

— J'ai des contacts, se contenta de répondre celui-ci en plaisantant. Bon, alors normalement, nous devrions trouver des véhicules, quelque part par ici, poursuivit-il en regardant autour de lui. Cherchons.

Ils ne mirent que quelques instants à découvrir la cache. Sans plus attendre, ils grimpèrent à bord d'une des automobiles électromagnétiques.

— Et tes contacts t'ont-ils également informer du mode de fonctionnement de cet appareil ?

Audric sourit à son ami.

— Si c'est comme les raies manta, nous ne devrions pas avoir de problème !

— J'en conclus donc que tu ignores comment ça marche !

— Regarde, ça ne semble pas très compliqué, et en plus il n'y a presque pas de commandes. Nous allons trouver...

Audric hésita une seconde, le doigt arrêté à quelques centimètres d'une commande digitale, et jeta un regard rieur à son copain avant de l'activer. Aussitôt, un plan détaillé apparut devant ses yeux.

— Tiens, une carte topographique, justement. Si nous regardions où nous allons exactement...

Abrial désigna un point sur la carte, qui vacilla légèrement à son contact.

— Bon, essai numéro deux. Prêts ? Il effleura le tableau de bord, où se matérialisèrent une série de données numériques, dont un pictogramme représentant une mise sous tension désignant le démarrage du véhicule, que le jeune Copper activa, sans hésiter.

L'engin se mit aussitôt en branle. En quelques secondes, ils se trouvaient déjà loin du campement des Vindico. Riant aux éclats de leurs exploits et surtout de leur audace, nos deux héros filaient à vive allure vers ce qui leur apparaissait comme une suite logique à leur histoire : retrouver Vaiata et Naïs.

Atlantide, le 2 juillet 2079

— Nous avons fouillé l'appartement de fond en comble et nous n'avons absolument rien trouvé. Aucun livre de ce titre ou quoi que ce soit d'approchant. Êtes-vous certains de ne pas vous tromper ? demanda Vaiata à Océane et Âvdèl, qu'elle avait rejoints avec Naïs, cette fois-ci, dans les estrades du bassin de plongée. Ils savaient qu'ils avaient une bonne heure devant eux, puisque maître-nageur Warin était occupé à donner un cours de plongée à de très jeunes enfants et donc, qu'il devait constamment demeurer à leurs côtés. Personne ne viendrait les déranger durant cette heure.

— Oui, j'en suis sûr, confirma le garçon, après réflexion.

— Alors ce bouquin est introuvable, statua la jumelle, visiblement déçue. Elle aurait préféré entendre le contraire. À croire qu'il a disparu... Je ne sais pas ce qu'Abrial en a fait, et encore moins si ce foutu livre a une quelconque importance. Pfff! souffla-t-elle, découragée, pourquoi est-ce que toute cette histoire est à ce point compliquée?

— Et s'il n'avait pas disparu dans le sens où nous l'entendons, si, au contraire, on l'avait fait disparaître? suggéra Océane en plissant ses magnifiques yeux turquoise, d'un air comploteur.

— Ah oui! Fort intéressant comme hypothèse! Et par qui, pourquoi? demanda Âvdèl, moqueur.

Océane haussa les épaules, offensée.

— Désolée, ma théorie sur une éventuelle conspiration ne va pas plus loin, largua-t-elle sèchement. Mais si tu as une meilleure idée, nous t'écoutons...

— Quoi qu'il en soit, cela vient s'ajouter à la longue liste des phénomènes étranges que nous vivons depuis quelque temps, les interrompit Naïs, en replaçant une de ses longues boucles blondes. Mais hier soir, j'ai bien réfléchi à la question et j'ai, je pense, une bonne idée. Pourquoi ne pas effectuer cette plongée que tu as déjà faite, proposa-t-elle en portant son attention sur Vaiata. Si cette grotte existe bel et bien, elle ne peut pas avoir disparu, elle!

Âvdèl et Océane opinaient de la tête devant l'évidence de la proposition.

— Le problème, enchaîna Vaiata, c'est que je n'ai aucune idée de l'endroit où elle se trouve ! Comment retrouver son emplacement exact ? Nous n'allons pas fureter dans chaque recoin et dans chaque interstice des fonds marins environnants. Dans 100 ans nous y serons encore.

— Ouais ! Elle a raison. Comment faire ? s'exclama Âvdèl en se tournant vers Naïs.

— Hum ! Je n'y avais pas pensé... Effectivement, c'est un problème... Mais j'y pense, s'écria-t-elle aussitôt, pourquoi ne pas demander tout simplement à Ausias l'itinéraire de l'épreuve d'aqualtisme, puisque c'est pendant la Palme que tu as vu cette entrée. En réeffectuant ce trajet, nous la retrouverons sûrement, proposa Naïs, manifestement très fière de son idée.

Vaiata hochait la tête, indiquant ainsi qu'elle adhérait entièrement à l'idée de son amie.

Ils s'étaient donné rendez-vous quelques heures plus tard, à la sortie de leurs cours. Car même s'ils espéraient obtenir des questions à leurs nombreuses interrogations, ils ne pouvaient négliger leurs activités quotidiennes, et surtout pas l'école.

— D'ailleurs, avait judicieusement fait remarquer Océane, cela attirerait beaucoup trop l'attention si nous devions nous absenter tous les quatre.

— Voilà. J'ai vu Ausias. Je sais maintenant quel parcours emprunter et je vous annonce que nous allons tous faire une sortie en mer demain matin, déclara tout sourire la jeune Cornwall.

Âvdèl, Océane et Naïs froncèrent les sourcils presque en même temps, ce qui la fit pouffer. Depuis la veille, Vaiata se sentait ragaillardie, plus enthousiaste, comme si le fait de chercher des réponses à ses trop nombreuses questions et d'être appuyée par ses amis la stimulait. Elle sentait dans son for intérieur qu'elle avait raison et qu'ils se trouvaient bien au cœur d'une étrange intrigue. Pourquoi et par qui était-elle dirigée? Elle l'ignorait totalement, mais elle avait cependant une profonde certitude : elle devait creuser plus loin et aller au-delà des apparences.

— J'ai déjà prévenu maître Warin, enchaîna-t-elle. Il était, je dois l'avouer, fort surpris de me voir lui exprimer cette requête. D'ailleurs, en parlant de lui, peut-être n'est-ce qu'une impression, mais j'ai eu la sensation qu'il cherchait à me dissuader d'effectuer cette plongée. Il ne me l'a pas interdit à proprement parler, mais il cherchait à me convaincre qu'il était encore trop tôt pour moi.

— Peut-être a-t-il raison, suggéra Océane.

— Non, je ne le crois pas, renchérit Vaiata, songeuse. Bref, devant mon insistance et sachant que vous m'accompagneriez, il n'a eu d'autre choix que d'accepter. Nous n'aurons que l'heure réglementaire. Une seule petite heure pour tenter de découvrir cette grotte et ce qu'elle cache, c'est bien peu! Nous devrons être efficaces.

Terra Nova, le 2 juillet.
Quelque part dans une petite rue
bordée de vieilles demeures
au charme suranné

— Officier suprême Andrec Owney, vous êtes en état d'arrestation, selon la volonté de notre Maître à penser et du conseil des Officiers suprêmes de l'Ordre de la Communauté. Je dois vous informer que cet ordre émane directement du proconsul Théo McLess, ajouta le gradé en inclinant légèrement la tête, mal à l'aise.

Le sergent-chef Marini se tenait au garde-à vous devant la porte du domicile privé de l'officier et semblait réellement embarrassé. Et pour cause, il connaissait depuis longtemps déjà l'homme qui se tenait devant lui. Si bien que lorsqu'il avait reçu l'ordre d'arrêt, il avait levé les yeux en cherchant du regard qui pourrait effectuer l'arrestation à sa place. Le jeune sergent-chef marquait son embarras par un piétinement impatient. Derrière lui, le Maître à penser pouvait apercevoir d'autres soldats de la Garde formant deux rangées et attendant la suite des événements, la sarbacane à la main. Personne parmi ces représentants de l'ordre ne pensait réellement que l'officier suprême tenterait de fuir, mais cela faisait partie des ordres qu'ils avaient reçus.

Andrec Owney, qui ne semblait pas surpris de son arrestation, répondit d'un bref hochement de la tête.

— Allez-y, sergent-chef Marini. Faites votre devoir.

Et il tendit ses deux mains au gradé pour que celui-ci lui passe les serre-pouces, un mécanisme barbare et archaïque qui consistait à passer à chaque pouce deux anneaux soudés, qui se resserraient chaque fois que son utilisateur ouvrait ou bougeait les mains, obligeant celui-ci à tenir ses mains jointes pour ne pas souffrir le martyre.

— Oh, non! Monsieur Owney, je ne vais pas vous passer les serre-pouces. Je suis convaincu que vous ne tenterez pas de vous enfuir, s'écria le jeune soldat, de plus en plus mal à l'aise.

— Passez-les-moi, je vous en prie. Je veux que tout le monde voit ce que vous êtes en train de faire. Je veux que tous sachent que le proconsul me fait arrêter.

Devant l'hésitation du jeune homme, le maître réitéra sa demande avec plus d'autorité :

— Passez-moi ces serre-pouces, sergent-chef, c'est un ordre, si toutefois je peux encore vous commander quoi que ce soit.

Cette fois-ci, le gradé s'exécuta, non sans éprouver un immense malaise. Owney remarqua que les mains du sergent-chef tremblaient et, pendant un instant, il eut pitié de lui. Ce gamin, il le savait, était des plus intègres et surtout des plus droits. Mais il savait également que l'heure n'était plus à ces tergiversations : le combat vers la liberté avait commencé. La marche était en cours. À l'extérieur, les gens commençaient à se regrouper autour du fourgon noir et sur le petit bout de trottoir qui le séparait de la résidence de l'officier, pour tenter de voir ce qui se passait. Les murmures commençaient à s'élever dans la foule, et bien vite, ces marmonnements se changèrent en mouvement de contestation, lorsqu'ils virent les gardes mener l'officier suprême jusqu'à la fourgonnette, les serre-pouces aux mains.

Certains interrogeaient les gardes, qui demeuraient résolument silencieux, car ils n'étaient pas autorisés à répondre. Leur silence provoqua rapidement la colère des citoyens présents, qui, bien vite, se mirent à hurler leur indignation face à l'arrestation inhumaine d'un si noble personnage. Depuis quand arrêtait-on des Officiers suprêmes? Le conseiller était un brave homme, connu pour sa bienveillance.

«Qu'on lui retire les serre-pouces, criaient de tous côtés des voix anonymes issues de la foule. Bande de brutes! Comment osez-vous vous en prendre à un tel personnage... Ça ne se passera pas comme ça... Nous vivons sous la dictature d'un gouvernement tyrannique! hurlaient d'autres. C'est une honte de traiter un homme tel que lui de la sorte... Quelle ignominie!»

Théo McLess, qui suivait les événements de derrière son bureau, épongeait son front moite. Visiblement, cette arrestation prenait une tournure inattendue.

Owney a su s'attirer la sympathie des citoyens. Ai-je commis un impair en le faisant ainsi arrêter chez lui?

Le proconsul porta son regard vers Uilliam Guerlédan qui le fixait d'un drôle d'air. Depuis quand le dévisageait-il ainsi? McLess distingua dans le regard froid du quinquagénaire une sorte de mépris. Était-ce à son égard?

Est-ce là les signes évidents d'une trahison? s'interrogeait le proconsul.

Il se demanda alors s'il ne s'était pas trompé sur l'individu à arrêter et si son conseiller ne l'avait pas manipulé en désignant Owney comme traître. Mais l'attitude de Guerlédan changea aussitôt; ses yeux se firent plus doux, presque aimables. Ce changement immédiat déstabilisa le proconsul, qui se mit à douter de lui-même. Peut-être voyait-il le mal là où il n'y en avait pas. *La fatigue, assurément!*

— Owney vient de jouer avec finesse en exigeant de se faire passer ainsi les serre-pouces. Il savait que cela provoquerait la désapprobation des Terranoviens. Il est plus habile que nous le pensions... suggéra Guerlédan d'un ton doucereux.

— Oui, oui... Bien entendu. Si Owney est réellement un traître, et ce disant, McLess plongea ses petits yeux noirs dans le regard glacial du conseiller qui ne chercha pas à se défiler, nous devons l'interroger, poursuivit-il, avant de tirer quelque conclusion que se soit.

Pour activer le pictogramme le mettant en contact avec le sergent-chef Marini, le proconsul effleura la console qui se trouvait près de lui. Le fourgon à bord duquel se trouvait son sous-officier filait déjà à vive allure vers la Tour centrale, lorsque l'image tridimensionnelle du jeune gradé se matérialisa devant ses yeux.

— Sergent, amenez-moi l'Officier suprême dès votre arrivée à la Tour.

— Bien, proconsul McLess.

— Nous serons bientôt fixés, lança d'une voix neutre le conseiller du Maître suprême.

Zones interdites.
En début d'après-midi, le 1ᵉʳ juillet 2079

L'automobile électromagnétique ralentissait. Manœuvrant avec précision et une grande agilité, son conducteur parvint à se faufiler entre des arbres morts pour venir se garer entre deux rochers, malgré le terrain accidenté. L'exactitude de sa conduite ne laissait aucun doute sur la longue expérience du pilote.

— Je suis très impressionné par votre conduite, Ingenua. Je connais peu de gens qui possèdent autant de dextérité. Je vous félicite. Si nous ne vivions pas de si graves instants, je tenterais de vous convaincre de participer à des courses. Vraiment très impressionnant !

— Oh ! merci, professeur Gueldre. J'apprécie ce compliment. Qui sait, peut-être que, après toute cette histoire, je suivrai votre conseil, cela me reposera !... conclut la femme en plaisantant, avant de sauter hors du véhicule.

De sa ceinture, elle sortit un minuscule boîtier qu'elle dirigea vers le rocher, celui-là même d'où, quelques minutes plus tôt, Abrial et Audric étaient sortis. La porte se matérialisa et s'ouvrit aussitôt. Sans perdre un instant, les quatre adultes s'engouffrèrent dans le couloir noir qui devait les ramener vers le camp des rebelles.

Ils pressaient le pas, ne ralentissant que pour reprendre leur souffle. Ils savaient que la situation était urgente et que le capitaine de la Garde pouvait à tout moment décider de suspendre cette attente qu'il jugeait trop longue, ordonnant ainsi à ses hommes d'arrêter tout le monde. Ingenua savait également, et cela grâce à Ronan, que le proconsul cherchait lui aussi à joindre McCord, et elle espérait arriver avant que le Maître à penser y parvienne.

C'est le souffle court qu'elle déboucha avec les autres dans la salle où tout le monde attendait avec patience la suite des événements. Immédiatement, un mouvement se produisit. Les gardiens de la Tour centrale cernèrent les nouveaux arrivants, sarbacanes à la main, tandis que Ronan, déjà prévenu, sortait en courant de la petite pièce où il était toujours enfermé avec le capitaine.

— Non ! Laissez-les, hurla-t-il. Ils sont attendus par votre capitaine.

Derrière lui, l'imposant capitaine de la Garde fit un geste à ses hommes pour les enjoindre à laisser passer les nouveaux venus, qui pénétrèrent aussitôt dans l'antichambre. Ronan referma la porte derrière eux avant de jeter un coup d'œil à Ingenua, qui lui fit un signe de la tête. De sa main délicate, elle invita le jeune rebelle à se pencher vers elle pour lui murmurer quelque chose à l'oreille.

— Capitaine McCord, dit-il enfin, laissez-moi vous présenter notre chef, celle qui a su mener et diriger notre cause, Ingenua.

Le capitaine fronçait les sourcils, visiblement contrarié de découvrir que le chef des rebelles était en réalité une femme, et qui plus est, menue et féminine à souhait. Cette dernière fit trois pas dans sa direction. D'un mouvement de la main, elle fit comprendre au capitaine de rester là où il se trouvait. Un lourd silence envahissait la pièce, et Hadrian, Erwan et Liam se jetaient de rapides coups d'œil. Seuls le capitaine, Ingenua et Ronan demeuraient immobiles, épiant chaque battement de cils de l'autre, même si les yeux de la femme demeuraient cachés derrière son opaque voilette.

— Je suis heureuse, capitaine, que vous soyez demeuré au camp pour m'attendre. Brayan McCord plissait les sourcils. Cette voix ne lui était pas inconnue. Je sais que nous avons beaucoup de choses à nous dire, mais avant, je tiens à dévoiler mon visage, pour vous témoigner de mon entière honnêteté. Cette voix, il la connaissait. Cette voix lui était si familière qu'il n'osait imaginer à qui elle appartenait. Je vous fais entièrement confiance et je sais que nous combattons pour la même cause, même si nous avons pris des chemins différents pour y parvenir...

Sans plus attendre, Ingenua dégrafa la voilette qui dissimulait ses traits depuis des mois maintenant, lorsqu'elle endossait son rôle de chef des rebelles. Très peu de gens connaissaient sa réelle identité, à part Ronan et le Dr Hugh Sligeach. Lentement, l'ovale de son visage et la blancheur de son teint apparurent dans toute leur splendeur. Des yeux d'un vert sublime, ourlés de grands cils noirs magnifiaient le visage parfait de la femme d'une trentaine d'années.

— Toi! s'écria le valeureux capitaine, en tombant à genoux aux pieds de l'intrépide militante. Ce n'est pas vrai!...

CHAPITRE 9

L'ombre se détacha d'un des coins sombres du couloir pour se faufiler jusqu'à un sas qui s'ouvrit instantanément. Elle se mouvait avec agilité, de renfoncement en encoignure qui se perdaient dans la noirceur des lieux, rendant extrêmement difficile, voire impossible, la détection de sa présence. La silhouette se fondait dans les lieux, une ombre parmi les ombres. L'ectoplasme* possédait sur lui un *gommeur*. Cet appareil (mis au point par les Vindico) permettait à celui qui le portait de brouiller les ondes le temps de son passage entre les détecteurs de mouvements, soit quelques fractions de secondes seulement. Ainsi, même les capteurs les plus performants ne parvenaient pas à détecter la moindre présence, puisque la captation n'était interrompue qu'une infime période de temps, d'où son efficacité.

De couloir en couloir, l'ombre se dirigea vers une porte devant laquelle, enfin, elle s'arrêta. Un rapide coup d'œil à son détecteur de mouvements lui permit de vérifier que personne ne se trouvait à l'intérieur de la pièce. Les informations étaient justes, comme toujours. C'était bien l'heure choisie par les vigiles pour prendre leur repas. Car pour accroître la sécurité des lieux, les heures de pause changeaient quotidiennement, rendant *presque* impossible la prévision de leur absence. Sans perdre une seconde du précieux temps qu'elle avait, la silhouette se faufila à l'intérieur du poste de garde, pour se retrouver devant un mur d'écrans et de commandes. L'ombre savait exactement ce qu'elle avait à faire. D'un simple effleurement, elle activa aussitôt l'ordinateur central relié directement à Atlantide. Elle entra sans hésiter, puisqu'elle les connaissait par cœur, quelques données numériques actives correspondant à un dossier récemment intégré au système. L'attente ne fut pas longue, à peine quelques secondes, lorsque, enfin, apparut devant elle l'image tridimensionnelle d'un poupon qui dormait à poings fermés. La silhouette porta sa main à sa bouche pour retenir toute exclamation. Le bébé se portait bien et semblait en pleine santé. Des données quantitatives apparaissaient en continu à côté de lui, indiquant en permanence le rythme cardiaque de l'enfant, les résultats des signes vitaux, le bilan du développement cérébral et les données correspondant à sa santé en général. Selon la lecture de ces données numériques, le petit Loïc Scilly se portait et se développait à merveille.

Le jet de lumière produit par l'apparition de l'hologramme éclaira doucement le visage inondé de larmes de Medeline. La jeune mère attendrie veillait ainsi régulièrement son fils. Elle ne pouvait le toucher, ni même espérer le prendre dans ses bras, mais elle demeurait là, à son chevet, attentive à ses moindres mouvements. Comme presque chaque nuit, elle venait ainsi voir dormir son enfant, le temps de la pause des veilleurs. Ces petites incursions nocturnes lui coûtaient affreusement cher, mais le prix lui semblait bien dérisoire, lorsqu'elle voyait ainsi apparaître son enfant devant ses yeux.

Comme tout parent terranovien, Medeline et Mirin Scilly recevaient quotidiennement un rapport détaillé sur la santé de leur enfant, sans oublier les images en direct qui accompagnaient le dossier. Mais pour cette jeune mère, ce n'était pas assez. Elle voulait plus que les résultats d'un rapport quotidien, elle voulait son enfant, et soudoyer un employé ne lui posait aucun problème de conscience !

Atlantide, bassin de plongée.
Jeudi, le 3 juillet 2079, 8 h 40

— N'oubliez pas les consignes de sécurité, jeunes Atlantes. Il en va de votre sécurité. Vous avez une heure, pas une minute de plus. Jeune Cornwall, je ne doute pas de vos aptitudes, vous nous avez prouvé vos compétences par le passé, mais étant donné la gravité des événements entourant votre dernière plongée, nous pouvons douter de votre bon jugement. Demeurez donc extrêmement prudente, et surtout, méfiez-vous de vous-même. Il en va de même pour vous, mademoiselle Gueldre.

L'hologramme du maître-nageur se tourna vers Océane et Âvdèl.

— Quant à vous, je sais que vous êtes moins doués que notre Vaiata, mais je me rappelle également que vous n'étiez pas totalement nuls en sports aquatiques. Je me fie donc à votre jugement pour évaluer toute situation grave. J'ai une recommandation toute spéciale à vous faire, dit-il en appuyant sur ses mots. Ne détournez jamais votre attention de vos deux amies. Gardez l'œil sur elles et soyez très vigilants. Si jamais l'une d'entre elles éprouve des difficultés, n'hésitez pas à revenir. De toute façon, je demeure en contact avec vous.

L'hologramme se tenait près de la barrière de sécurité qui empêchait l'accès au bassin et qui s'ouvrait telle une gueule béante sur la noirceur des profondeurs océaniques. Comme ça, à première vue, l'endroit n'avait rien de bien invitant, mais une fois que le plongeur se retrouvait dans ses eaux, un spectaculaire paysage s'offrait à lui. Des espèces et des variétés étonnantes aux couleurs des plus surprenantes y évoluaient librement. Le panorama qu'y découvraient les plongeurs était une vraie féerie, où la grâce et la beauté se réunissaient pour présenter un fabuleux ballet aquatique. Les courants marins faisaient onduler les algues et les coraux aux couleurs vives dans des mouvements élégants empreints de grâce et de légèreté. Mais cette beauté naturelle des plus troublantes avait elle aussi ses revers, et recelait parmi ses ombres et ses zones obscures de graves dangers. Tout plongeur devait constamment se méfier ; c'était une des règles de base de la plongée.

Les quatre amis prirent place sur le bord du bassin, les jambes enserrées dans leur queue caudale, et ajustèrent leur tenue aquatique qui les faisait ressembler à des poissons. Vaiata leur fit un signe pour les avertir qu'ils allaient plonger dans trois, deux, une seconde... Dans un même mouvement, les nageurs se laissèrent glisser dans l'eau glacée, sous le regard dépourvu de sentiments du maître-nageur.

Au même moment, Vaiata eut un violent *flash*. Une vive lumière l'aveuglait. Prise de panique, elle se mit à gesticuler, relâchant de grosses bulles d'air, quand elle sentit un bras l'attraper pour la forcer à se ressaisir. Cette poigne de fer était celle d'Âvdèl. Elle le dévisageait le regard éperdu, alors qu'il lui faisait comprendre de se calmer. Tranquillement, Vaiata reprit ses esprits, mais la panique lui ayant fait perdre une partie de sa réserve d'air, elle devait retourner à son point de départ. Le garçon fit signe aux autres qu'ils remontaient.

Quatre têtes réapparurent aussitôt dans le bassin de plongée. Vaiata se hissa sur le rebord avec l'aide de ses amis, le temps de bien reprendre ses esprits.

— Je me doutais que vous n'iriez pas bien loin, entendirent-ils. Le maître-nageur Warin se tenait toujours au même endroit. Son image vacilla légèrement, comme une mauvaise transmission. Allez ! Sortez de l'eau ! Vous n'êtes pas encore prêts, c'est clair !

La jeune Cornwall leva la tête dans sa direction. Cette affirmation venait de la piquer au vif.

— Je me sens parfaitement bien, maître Warin. Ce n'était que passager, la surprise assurément..., mais je sais maintenant que je peux me contrôler. Nous allons replonger. Ce n'est pas ce petit incident qui nous fera changer d'avis, n'est-ce pas ? demanda-t-elle à ses trois compagnons, qui confirmèrent d'une hochement de tête, le regard tout de même peu assuré. Je suis prête à replonger.

Elle lança un regard plein de défis au superviseur, avant de se laisser submerger par les eaux froides qui se refermèrent sur elle.

Sous l'eau, elle indiqua à ses amis qu'elle allait très bien, et lentement ils entreprirent leurs recherches. Vaiata savait qu'elle devait se montrer plus hardie et le petit intermède qu'elle venait de vivre ne devait pas encombrer son esprit. Elle aurait bien le temps d'y revenir plus tard et de réfléchir à ce qui venait de se passer.

Je dois me concentrer sur cette plongée et ne pas me laisser gagner par mes sentiments. Ce flash a certainement son importance, mais je verrai cela plus tard. Pour le moment, nous n'avons qu'une heure devant nous pour retrouver cette entrée... Vas-y, Vaiata, pour Abrial et pour Marélie, pour Audric et ses frères, tu dois savoir exactement ce qui s'est passé... Tu le dois !

D'un coup de queue puissant, elle se propulsa vers le fond marin, exprimant ainsi son besoin de découvrir la vérité. Elle traversa un banc de fusiliers bleus et or, qui se scinda en deux, pour aussitôt reformer son bel ensemble. Ces spectaculaires bancs de poissons se composaient de plusieurs centaines d'individus qui se déplaçaient en masse dans une parfaite coordination. Leurs perpétuels mouvements de danse, parfaitement synchronisés, émettaient sans cesse des éclairs étincelants d'or et de bleu électrique. Le spectacle était toujours aussi impressionnant, même pour ces jeunes habitués.

La jumelle d'Abrial scrutait attentivement les environs, quand elle aperçut enfin le lieu du départ de la dernière épreuve d'aqualtisme. Les fanions étaient toujours en place, rien de surprenant à cela, puisque la compétition était somme toute assez récente. D'un geste de la main, elle l'indiqua à ses amis. Il ne leur restait plus qu'à suivre le chemin tracé. Ils s'engouffrèrent à la suite l'un de l'autre dans la première grotte. Vaiata alluma sa lampe frontale, imitée en cela des autres. Tranquillement et avec moins de brutalité, certaines images revenaient à la jeune fille. Elle revoyait certaines scènes qu'elle avait vécues durant la course. En quelques mouvements de queue, ils se retrouvèrent dans la grotte où Audric avait fait sa malheureuse rencontre avec les horribles coussins de belle-mère. La jumelle se rappela alors avec exactitude l'incident. Le pauvre avait tellement souffert. Pendant une seconde, elle fixa en esprit le visage de son ami. Elle le revoyait avec ses grands yeux noisette et sa tignasse noire. Son cœur s'emballa et la jeune Cornwall eut une moue émue.

Ils enfilèrent l'étroite galerie maintenant vidée de ses dangereuses étoiles de mer en apparence si inoffensives. Ils cheminaient toujours, s'arrêtant dès que l'occasion s'en présentait dans les différentes poches d'air pour reprendre leur souffle, car à part Vaiata, aucun des camarades n'avait l'habitude de le retenir aussi longtemps. Les minutes s'égrainaient avec une rapidité déconcertante et la jeune fille, qui consultait régulièrement l'indicateur de temps qu'elle portait à son poignet, s'interrogeait sur les minutes qu'il leur restait.

Enfin, ils débouchèrent dans la vaste salle qui représentait, lors de la compétition, l'épreuve de la réflexion. En ce lieu avait été proposé aux aqualtistes l'énigme qui demeurerait à présent gravée dans la paroi. Cette salle immense s'ouvrait sur cinq passages différents. Vaiata se souvint alors qu'elle s'était trompée, à sa première lecture, dans l'interprétation de l'arcane et que c'est sa mauvaise réponse qui l'avait dirigée vers la salle qu'ils recherchaient. Elle avait alors emprunté l'avant-dernière ouverture. La plongeuse entraîna à sa suite ses amis pour aboutir après quelques minutes dans une autre grotte, plus sombre.

Guidée par son instinct, qui jusqu'à présent ne l'avait pas trompée, Vaiata fit volte-face pour apercevoir les deux autres ouvertures, en retrait, dissimulées. C'était un de ces deux passages qui débouchait sur la salle tant recherchée. La jeune Cornwall s'en rappelait très bien. Encore quelques mètres de nage et ils débouchèrent enfin dans l'aven tant cherché. La caverne, toujours très faiblement éclairée par la luminescence naturelle émise par le phosphore des parois, était bien celle de son souvenir. Elle la traversa en quelques brassées, se dirigeant là où se dessinait, malgré la noirceur, une forme qui n'avait rien de naturel : des marches taillées à même le roc. Elle s'y hissa, avant de faire pivoter ses jambes pour en retirer sa queue, qui était une merveille sous l'eau, mais qui devenait un sérieux handicap sur la terre ferme.

La jeune Cornwall suspendit son geste. Devant ses yeux, des tentacules énormes agrippaient la queue caudale d'Audric. Vaiata poussa un hurlement qui se répercuta sur les parois rocheuses pendant de longues secondes. Océane, effrayée par ses cris et qui se trouvait à ses côtés, la secouait avec force.

— Vaiata, qu'as-tu ? Reprends tes esprits. Nous sommes là, à tes côtés, ce n'est qu'un mauvais rêve. Tu t'imagines des choses. Il n'y a rien...

Les larmes se mirent à couler sur les joues froides de la jeune fille et pendant quelques secondes, qui parurent une éternité à ses amis, elle demeura prostrée et apeurée, le regard fixé sur les eaux noires.

— Reculez, reculez, il va nous attraper... marmonnait-elle. Reculez, finit-elle par hurler. Audric...

Ses camarades de plongée eurent un sursaut. Ils échangeaient des regards inquiets, mais décidèrent d'un signe de tête de lui obéir. Vaiata était en état de choc, ils le devinaient. Bien entendu, ils ne comprenaient pas pourquoi et ignoraient même les raisons ayant provoqué cet état, puisqu'ils ne savaient rien de cette incroyable aventure concernant leurs amis et l'attaque inattendue d'un calmar géant.

Océane était inquiète, car elle se demandait bien comment ils allaient pouvoir la ramener vers Atlantide dans l'état où elle se trouvait. Impossible de la traîner sous l'eau sur des centaines de mètres, à travers toute cette série de couloirs qui formaient un véritable labyrinthe et qu'ils venaient de passer. Pour rajouter à son angoisse, elle réalisa également que ça faisait déjà un bon bout de temps qu'ils n'avaient plus de contact avec le maître-nageur. La profondeur dans laquelle ils s'étaient engouffrés avait eu raison de ce lien fragile. Il était donc hors de question d'espérer une quelconque aide de ce côté.

— Vaiata, Vaiata, entendait la jumelle dans un lointain écho. Reviens avec nous, je t'en prie... suppliait maintenant Naïs, en frictionnant les épaules de son amie, comme pour stimuler une réaction. Nous avons besoin de toi, reviens... Ça fait déjà un bout de temps qu'elle est comme ça, qu'est-ce qu'on va faire? demanda-t-elle, en se tournant vers ses deux compagnons.

Cette fois-ci, Âvdèl s'approcha d'elle, visiblement exaspéré. Dans un geste qui surprit ses deux amies, il gifla la jeune fille avec force. Naïs et Océane le regardèrent, complètement ahuries par ce qu'il venait de faire.

— Non, mais ça ne va pas? lança Naïs avec force en le foudroyant du regard... Qu'est-ce qui te prend, tu as perdu la tête?

D'un geste éloquent, le garçon désigna Vaiata qui les regardait sans comprendre, les yeux remplis d'eau et la main effleurant doucement sa joue douloureuse.

— Voilà! elle est maintenant de retour parmi nous, laissa-t-il tomber, non sans laisser transparaître un mélange d'irritation et de profond malaise.

Le geste lui était venu spontanément, sans y avoir réfléchi, et maintenant qu'il y repensait, le garçon en éprouvait une certaine honte.

Les deux filles se penchèrent sur leur amie pour la réconforter, tandis qu'Âvdèl, confus, leur tournait le dos, le regard perdu dans la noirceur de l'eau. Sans rien dire, il se dirigea vers un renfoncement d'où émanait une très faible lumière. Il posa la main sur une rampe de métal toute piquée de vert-de-gris, étonné de sa présence. Sa froidure le surprit. Jetant un coup d'œil vers les filles, il entreprit de monter les marches, pour voir où elles menaient. Histoire également de fuir les lieux du malaise.

— Que s'est-il passé ? demanda Vaiata en fixant ses amies.

— Honnêtement, nous n'en savons rien. Dès que tu es sortie de l'eau, tu t'es mise à hurler le nom d'Audric, pour après nous invectiver de nous éloigner du bord... Tu étais complètement absente...

La plongeuse regardait autour d'elle, comme si elle cherchait à comprendre ce qui venait de lui arriver, lorsque son regard s'arrêta un instant sur le trou béant par lequel ils étaient arrivés quelques minutes plus tôt.

— Oui, oui, ça me revient maintenant. Nous étions ici même, Audric et moi, avec Abrial, dit-elle en pointant de son index l'endroit où ils avaient échappé à l'attaque aussi soudaine qu'inattendue du monstre marin, lorsqu'un calmar géant nous a attaqués. Si la queue d'Audric ne s'était pas déchirée... je ne sais pas ce qui se serait passé, mais cette balade aurait tourné au drame. Je ne sais pas comment on s'en serait sortis.

— Quelle horreur ! murmura Naïs en fixant l'eau ténébreuse, comme si elle s'attendait à voir ressurgir la bête immonde des profondeurs. Venez, reculons, ce serait plus prudent... finit-elle par dire en tirant les deux filles.

Après un instant de réflexion, Océane demanda, soucieuse :

— Tu dis que le calmar est parvenu à arracher la queue d'Audric, mais comment êtes-vous repartis d'ici sans sa queue caudale ? C'est impossible...

Vaiata et Naïs la fixaient, totalement interdites, ne sachant trop quoi répondre, lorsqu'elles entendirent :

— Sauf si on trouve un autre passage, c'est bien ça, n'est-ce pas Vaiata ? s'écria Âvdèl en réapparaissant. Ces marches, poursuivit-il, montent sur je ne sais combien de mètres... Où mènent-elles exactement ? Tu dois t'en rappeler... Fais un effort, Vaiata. Avec Abrial et Audric, vous avez découvert un passage qui menait vers Atlantide, n'est-ce pas ? Vous n'avez pas eu à repasser par les eaux. Réfléchis Vaiata, réfléchis... Souviens-toi ! dit-il avec impatience.

La jeune Cornwall se massait les tempes, se forçant à retrouver le chemin de ses souvenirs perdus. Pourquoi ne parvenait-elle pas à se rappeler ? Sa migraine lui martelait la tête avec fureur, imposant un refus à cette volonté farouche qu'elle avait à vouloir se souvenir. Son esprit se braquait avec violence devant l'effort de Vaiata qui cherchait à tout prix à retrouver sa mémoire.

— J'ai si mal à la tête... Je ne parviens pas à me souvenir. Je sais pourtant qu'il y a une réponse là, dit-elle, en tambourinant son crâne de son index.

Un lourd silence vint se glisser entre eux. D'un côté, cette impression frustrante d'avoir fait tout ce chemin pour rien, et de l'autre, cette décevante constatation que toute cette histoire ne reposait sur rien de bien concret, qu'elle était vide de sens.

Oui, il y avait bien ces marches qui se perdaient dans le noir et Âvdèl les avait montées aussi loin que possible, pour finalement abandonner devant ce qui lui apparaissait comme une interminable entreprise. Il avait senti au beau milieu de sa pénible grimpée que ses forces l'abandonnaient et que toute cette ridicule aventure ne menait à rien. En un instant, sa volonté et son énergie avaient disparu et il regardait, écœuré, le vieil escalier décrépit, bouffé par des algues visqueuses et des coquillages. Un ancien passage qui devait remonter à trop loin dans le passé pour qu'il ait encore une quelconque importance. Âvdèl en était alors venu à la conclusion que cet endroit était en réalité semblable à ces vieux navires échoués dans les fonds marins qu'ils allaient très souvent visiter. Les derniers fantômes d'un passé depuis longtemps oublié. Déçu, le garçon s'était dans un premier temps laisser choir sur les marches froides et humides, avant de se lever et de faire demi-tour.

Ils étaient tous les quatre désorientés et déprimés et le froid commençait à traverser leur combinaison de plongée. Ils doutaient maintenant sérieusement des raisons qui les avaient poussés jusqu'à cette grotte oubliée, si loin d'Atlantide.

— Te sens-tu prête à rentrer, te sens-tu capable de nager ? demanda enfin Océane sur un ton las. Ça fait presque une heure que nous sommes sortis ; le temps de notre retour va largement nous faire déborder... Nous risquons l'hypothermie, sans parler des gros ennuis qui nous attendent...

— Oui, je crois que oui, répondit Vaiata, les yeux noyés de larmes. Elle était épuisée et se sentait totalement démunie. Quelle idée avait-elle eue d'entraîner ses amis dans de tels lieux, et pourquoi ? Que cherchait-elle à prouver ? Que son jumeau, sa sœur, Audric et ses frères n'étaient pas réellement morts ? Elle devait accepter la réalité et arrêter de combattre l'évidence. Ils n'étaient plus là. Je me remets tranquillement, murmura-t-elle la voix brisée de tristesse...

Océane lui prit la main.

— Ça va aller, dit-elle simplement.

— Nous devons rentrer, s'écria Âvdèl avec humeur, sinon nous allons geler... Et puis, je suis fatigué, j'en ai marre...

Vaiata leva les yeux vers ses compagnons qui la dévisageaient. Ils étaient terrifiés, ça se lisait sur leur visage. Il fallait les ramener à bon port, elle devait reprendre ses esprits. Après tout, c'était elle la plongeuse expérimentée, et c'était sur sa demande également qu'ils se trouvaient là. Ils l'avaient suivie aveuglément. Elle devait les rassurer et les faire quitter en toute sécurité cette sombre et cauchemardesque grotte. La plongeuse se redressa, essuya ses yeux du revers de sa main, avant de dire avec le plus d'assurance possible dans la voix :

— Il y a un autre passage en sortant de la deuxième grotte, après celle-ci, qui mène directement vers Atlantide. Nous n'avons pas à refaire le chemin inverse, beaucoup trop long, et qui nous demanderait trop d'énergie. Cette sortie est en réalité la réponse à l'énigme de l'épreuve de la réflexion ; c'était la voie à suivre pour rentrer victorieux à Atlantide. Son trajet jusqu'à la cité est très court, à peine 10 minutes. Notre léger retard nous vaudra simplement un bon sermon de la part de maître Warin et je risque, comme la dernière fois, de perdre quelques points... Vaiata s'arrêta net. Je me rappelle... Avec Abrial, oui, oui! lança-t-elle avec énergie, avant de fixer étrangement Âvdèl, nous avons effectivement gravi ces marches... Tu as raison, elles mènent jusqu'à Atlantide... Je me rappelle, ça y est!

CHAPITRE 10

Cité de Terra Nova.
Bureaux de direction
des Officiers suprêmes

Les doubles portes s'ouvrirent sur l'Officier suprême de l'Ordre de la Communauté, Andrec Owney. D'un pas sûr, il pénétra dans l'antre du proconsul, qui l'attendait assis derrière son bureau, dans une pause longuement étudiée. L'officier s'avança vers lui lentement, mais le regard tranquille. Théo McLess ne l'avait jamais vraiment impressionné et ce n'était pas parce qu'il était aux arrêts que cela changerait quelque chose pour lui. Owney faisait partie de ces gens qui ne doutaient jamais de leurs décisions et qui les assumaient en totalité. C'était un homme d'honneur, tout le contraire de celui qui se trouvait devant lui.

Il s'arrêta à quelques centimètres du spectaculaire bureau de bois ancien rehaussé d'or. L'officier savait que ce meuble, une anti-quité, avait appartenu à un général qui avait marqué l'histoire de l'humanité, un certain Napoléon Bonaparte, dont le proconsul avait fait son héros. Son maître à penser, en quelque sorte. Il sourit en se rappelant que cet entreprenant général était mort, seul sur une île, oublié de ses sujets. Il poussa sa réflexion jusqu'à se demander si l'histoire allait se répéter.

Owney ne disait rien. Il préférait attendre que le Maître suprême lui adressât la parole en premier. De son regard franc, il fixait son attention sur McLess. Il savait pertinemment que dans une pièce attenante, l'éminence grise de McLess, Uilliam Guerlédan, assistait lui aussi à l'entretien. Andrec Owney avait toujours eu des doutes au sujet du conseiller. Il avait toujours perçu chez cet homme une hypocrisie menaçante. L'individu manipulait le proconsul et les principales décisions du pauvre homme étaient en fait les siennes.

— Officier Owney... débuta le proconsul, après avoir attendu un certain temps, je n'irai pas par quatre chemins. Je pense que depuis le temps que nous nous connaissons, nous pouvons être francs l'un envers l'autre. Owney haussa légèrement les sourcils, sceptique. Car enfin, poursuivit McLess, la franchise n'est pas à sens unique, cher ami... elle doit être réciproque! On m'a fait part de quelques informations vous concernant, en fait, je devrais plutôt dire quelques soupçons sur la possibilité que vous puissiez avoir manqué à vos devoirs d'officier de l'Ordre de la Communauté... Un silence s'ensuivit durant lequel les deux protagonistes se dévisagèrent. Le proconsul poursuivit, pour ne pas laisser transparaître son malaise : Selon nos informations, vous êtes celui qui aurait fourni certains éléments aux Atlantes, et ces indices matériels les auraient menés jusqu'à nous. En somme, vous êtes celui qui a encouragé les enfants Cornwall, Copper et Gueldre à fuir et à trahir Atlantide. Confirmez-vous ces rumeurs ?

Andrec Owney ne répondit rien. Il se contenta d'afficher un sourire un peu narquois. Cette attitude commençait à excéder le proconsul, qui finit par se lever d'un bond de son fauteuil capitonné.

— Mais répondez Owney, c'est un ordre ! fulmina McLess, qui se trouvait maintenant à quelques centimètres du visage de celui qu'il interrogeait.

Mais l'accusé demeurait obstinément muet.

— Vous allez vous retrouver en prison, pauvre fou, si vous vous entêtez. Je vous retire d'ailleurs d'emblée votre titre et je vous démets de vos fonctions. Vous n'êtes plus désormais qu'un simple citoyen au chômage ! Vous êtes foutu, vous comprenez, foutu !

Mais Andrec Owney demeurait placide, et cette attitude ne faisait qu'alimenter la colère de Théo McLess. Il tournait autour de l'ex-officier comme un lion autour de sa proie, cherchant où il allait planter ses crocs, où porter l'attaque, mais l'inertie évidente de l'individu le déstabilisait complètement. Dans un cri de colère, il appela les gardes qui demeuraient continuellement en faction devant sa porte.

— Jetez-moi cet individu en prison! Je ne veux plus jamais entendre parler de lui, postillonna-t-il, fou de rage. Puis, se tournant vers l'ancien officier, il conclut en tentant de se calmer: Je vous ai offert l'occasion de vous expliquer, Owney; vous m'avez répondu par un silence qui, en réalité, est fort éloquent. Je finirai bien par connaître exactement votre implication dans cette histoire, mais en attendant, je vous place dans le seul lieu où vous ne pourrez plus me nuire.

D'un simple geste de la main, il ordonna à ses hommes d'emmener le prisonnier.

Andrec Owney se laissa calmement mener hors de la pièce sans rien avoir dit et sans même avoir de regrets, tandis que le proconsul fulminait dans son coin. Debout devant la baie vitrée qui dominait Terra Nova, il tentait de retrouver son flegme.

Uilliam Guerlédan, toujours caché dans l'autre pièce, souriait, victorieux. Il attendit un bon moment avant de se décider à sortir de l'antichambre, le temps de savourer sa victoire et de se recomposer un visage froid et dénué de sentiments. Il ne souhaitait pas que le proconsul devinât sa joie d'avoir enfin fait arrêter ce personnage important parmi les Vindico. Car bien que Guerlédan sût qu'Owney était un des principaux dirigeants de ce groupe de rebelles, il savait également que le proconsul avait toujours eu pour ce dernier beaucoup de respect. En éliminant ce rival, Uilliam Guerlédan s'assurait, pensait-il, l'exclusivité en tant que conseiller du Maître suprême. Sans un mot, il alla reprendre sa place habituelle, dans un des profonds fauteuils du confortable bureau. Il attendait que le proconsul lui fasse part de ses intentions, tout en savourant silencieusement sa victoire.

Camps des rebelles,
plusieurs heures après l'assaut

— Toi ? bredouillait l'imposant capitaine de la Garde, tandis qu'il levait ses yeux vers la chef des rebelles, maintenant dévoilée, et qui se tenait devant lui, silencieuse et immobile. C'est toi ?... Comment ? Je ne comprends pas... Pas toi ?...

Le patricien Hadrian Cornwall la reconnaissait enfin. Pas étonnant que sa voix ne lui ait pas été inconnue. Maintenant qu'il la voyait sans sa voilette, c'était d'une telle évidence. Comment n'avait-il pas fait le rapprochement auparavant ? Le choc devait être inimaginable pour McCord, ça, il en était persuadé.

Ingenua tendit les mains vers l'homme qui se tenait à ses pieds pour l'obliger à se relever.

— Lève-toi, cette position n'est pas digne de toi, lança-t-elle avec force et autorité.

Mais du revers de la main, le valeureux défenseur repoussa l'aide de la femme, en secouant la tête en signe de négation.

— Laisse-moi, je n'ai pas besoin de toi, laisse-moi... lança-t-il avec amertume, tout en tentant de se remettre debout. Il vacilla ; son équilibre était précaire. La découverte le déstabilisait plus qu'il ne souhaitait réellement le laisser paraître.

— Mais Brayan... Tu ne comprends pas...

Cette fois-ci, le capitaine se redressa, piqué au vif.

— Je ne comprends pas ? Je ne comprends pas quoi ? Que tu m'as trahi ! Comment as-tu pu me faire ça ? Comment as-tu pu me dénigrer ainsi devant mes supérieurs ?... À cause de toi, je passais pour un incapable... Je comprends maintenant pourquoi mes efforts pour tenter de te coincer se soldaient toujours pas des échecs.

Qui de mieux placé que toi pouvait connaître mes intentions profondes... Toi, ma femme! Madame Mia McCord en personne, chef des rebelles. La fameuse Ingenua que je tente de coincer depuis des mois vivait sous mon toit. Quelle ironie!... Ah! ah! ah! s'écria le capitaine, rouge de rage, tout en se forçant à rire.

Sa réaction outragée n'étonnait pas les gens présents dans la pièce. La découverte était de taille et ils le comprenaient tous. Ronan s'était rapproché d'Ingenua, comme pour lui apporter son aide. La femme ne disait mot, et pendant un instant, elle porta son regard vers l'extérieur, figeant ainsi la scène. Cornwall, Copper et Gueldre ne savaient trop que faire. Devaient-ils demeurer là ou partir? Avaient-ils le droit d'assister à cette scène si privée?

— Messieurs, entendirent-ils enfin, veuillez nous laisser seuls, je vous prie, lança la chef des rebelles de sa voix féline. Toi aussi Ronan, conclut-elle, tandis qu'elle continuait de leur tourner le dos.

Sans rien dire, les quatre hommes quittèrent la pièce, refermant la porte sur ces deux héros qui devaient maintenant s'affronter en tête à tête. Cornwall connaissait suffisamment le capitaine et sa femme pour deviner la suite des événements, mais les deux chefs devaient avant tout régler certaines choses.

Marélie sauta dans les bras de son père sitôt qu'il apparut dans l'immense salle où tout le monde patientait, dans l'attente de la suite des événements qui se révélait fort longue, mais chacun avait trouvé à s'occuper, soit en prenant soin des enfants, soit en distribuant eau et nourriture. Les gardes de la Tour centrale avaient presque l'impression de vivre en famille, entièrement satisfaits de ces scènes idylliques qu'ils vivaient pour la première fois de leur vie. Certains avaient même poussé l'audace jusqu'à aller dehors pour découvrir les champs cultivés par les rebelles. Leur comportement presque insouciant trahissait leur joie. Ils espéraient tous que la situation allait encore demeurer ainsi un bon bout de temps. Ils n'étaient pas pressés de rentrer à Terra Nova et de découvrir ce qui s'y était passé. Bien que, déjà, la rumeur courait sur le retour prochain des Atlantes.

L'accueil spontané de Marélie toucha profondément le patricien. Il comprenait que sa petite fille commençait à apprécier ses parents (qui, rappelons-le, lui étaient encore totalement inconnus une dizaine de jours auparavant). Il voyait dans cette embrassade impulsive un signe évident que la gamine s'identifiait maintenant à lui et à Ava. Il enserra sa fille cadette de ses bras musclés, ce qui déclencha chez elle un rire naturel et cristallin propre aux enfants.

— Où est ton frère ? finit-il par lui demander en la balançant sur son épaule comme un vulgaire sac de linge.

Marélie continuait de rire et sa bonne humeur affectait bien évidemment le patricien. En présence de cette fillette si pleine de vie et de ces enfants, Hadrian Cornwall se découvrait une autre nature, celle de père, et il aimait ce nouveau rôle.

Ils venaient de rejoindre Ava et les familles Copper et Gueldre, réunis dans un coin de la salle.

— Il est parti ! tentait de répondre l'enfant à travers ses rires et ses hoquets.

— Parti avec Audric ? la questionna Liam, tout en jetant un coup d'œil à sa femme.

— Oui ! confirma Marélie à travers ses ricanements.

— Et où sont-ils partis ? demanda plus sérieusement le patricien, alors qu'il la déposait sur une chaise.

— C'est vrai que ça fait maintenant un certain temps qu'on ne les a pas vus, renchérit Ava en interrogeant du regard Alizée, la mère d'Audric.

Hadrian jeta un coup d'œil à la ronde, espérant les apercevoir parmi tous les gens qui se trouvaient là. Les deux adolescents avaient adopté un rituel qui consistait à se promener à l'extérieur des grottes, et parfois ils disparaissaient pendant des heures. Cette habitude ne surprenait guère leurs parents, qui comprenaient parfaitement que les jeunes avaient besoin d'espace, sans omettre qu'ils découvraient la vie sur terre après avoir passé leur existence sous l'eau. Et puis, ils avaient seize ans. À cet âge, ils n'avaient plus à demeurer à côté de leurs parents, comme des enfants.

— Où sont-ils partis ? insista enfin Alizée auprès de Marélie. Le sais-tu ?

— Oui ! bien sûr que je le sais, Abrial me dit tout ! Pas toujours à Vaiata, mais à moi, oui ! conclut la gamine en se redressant pour donner plus d'importance à cette révélation qui dévoilait à ses yeux beaucoup sur ses rapports avec son grand frère, et sur la grande confiance qu'il lui témoignait.

Hadrian s'accroupit pour se mettre à la même hauteur que sa fille.

— Où sont-ils, Marélie ? demanda-t-il avec douceur.

La gamine regardait attentivement le bout de ses pieds, silencieuse. Elle ne riait plus.

— Marélie, intervint Ava en posant ses mains sur les genoux de sa fille, tu dois nous dire où Abrial et Audric sont partis. C'est important, nous devons le savoir...

— Pourquoi ? demanda la cadette des Cornwall en fixant attentivement ses parents.

— Eh bien, parce que nous allons probablement partir d'ici peu et il serait préférable de les avertir, proposa Hadrian, en opinant de la tête.

— Vous me prenez pour un bébé, lança soudain la fillette boudeuse, en croisant ses petits bras sur sa poitrine.

— Non, non, ma chérie ! Loin de nous cette idée, s'exclama sa mère. Au contraire, nous savons à quel point tu es une jeune fille responsable et très avancée pour ton âge, s'amenda Ava. Abrial me disait justement l'autre jour à quel point tu pouvais te montrer raisonnable et réfléchie quand la situation l'exigeait. Il est très fier de toi, tu sais ? Mais ma chérie, pour des raisons de sécurité, et ça, je suis certaine que tu le comprends très bien, nous devons demeurer ensemble, toute la famille. Les garçons doivent nous rejoindre, car nous ne savons pas ce qui va se passer dans les heures à venir. Tu comprends ?

Ava Cornwall, sans le savoir, venait de toucher la corde sensible de la gamine. Tout comme Abrial le faisait lorsqu'il souhaitait stimuler le côté responsable de sa jeune sœur, elle venait de la traiter avec maturité. Cette attitude provoquait chez la gamine une réaction automatique: soudain elle endossait ce comportement pour répondre aux attentes de l'autre. Abrial l'avait toujours su, et voilà que sa mère agissait de la même façon. La plus jeune des Cornwall leva ses magnifiques yeux marine vers sa mère avant de dire :

— Je comprends très bien. Ils sont partis sauver Vaiata et Naïs !

— Sergent-chef Marini, je vous confie la surveillance des gardes de la Tour centrale, en attendant le retour du capitaine McCord. Vous serez commandant par *intérim**. Vous prendrez les décisions qui s'imposent. J'exige un rapport constant sur la situation et les événements, et retrouvez-moi le capitaine et son escadre. Procédez comme bon vous plaira, mais je veux des résultats. Vous avez carte blanche.

— Oui, proconsul McLess. Je tiens à vous remercier de la confiance que vous me témoignez.

— Soyez efficace, commandant Marini, et une grande carrière au sein de la direction de la Tour centrale vous attend. Je veux la tête du chef des rebelles et que tous ces Vindico soient écroués... Et je ne veux plus voir un seul enfant en liberté dans Terra Nova ; leur place est en

Atlantide. Vous m'avez bien compris? Une dernière chose: je demande des résultats aujourd'hui même.

Le nouveau promu salua le proconsul, avant de tourner les talons pour se retirer. Il referma la porte derrière lui, comme le Maître suprême s'activait déjà à l'ordinateur central qui le mettait en contact direct avec tous les terminaux de Terra Nova et d'Atlantide.

McLess sentait que la situation se dégradait. Il entrevoyait des heures décisives pour lui et pour sa cité. La situation était-elle en train de lui échapper? Était-il en train de perdre le contrôle?

Il porta ses yeux rougis de fatigue sur le rapport qu'on venait de lui remettre en provenance d'Atlantide. La jeune Vaiata Cornwall et son amie, Naïs Gueldre, recouvraient peu à peu la mémoire. *Il ne manquait plus que cela,* pensa-t-il. *Que se passera-t-il lorsque ces gamines découvriront la tromperie dans laquelle elles sont maintenues?*

Le Maître suprême se questionnait sur la suite des événements, et visiblement, la situation l'inquiétait au plus haut point. Plusieurs fois, il épongea son visage trempé de sueur. Une autre question s'imposait également à son esprit: son capitaine de la Garde avait-il changé de camp? L'avait-on assassiné? Si non, pourquoi ce silence et où se trouvait-il? Où se trouvait toute son escadre? On ne faisait pas disparaître quelque deux cents hommes comme ça, par enchantement. Que se passait-il donc?

Toutes ces complications ne lui disaient rien de bon.

De sa longue main osseuse, le proconsul épongea une fois encore son front moite. Il devait trouver une solution pour reprendre le contrôle de la situation. Il sentait bien que certains éléments lui échappaient, mais ses petits yeux noirs conservaient tout de même une étincelle de confiance. *Je ne suis pas encore vaincu*, pensa-t-il, *loin de là. La partie n'est pas terminée...*

CHAPITRE 11

Appartement 21 de la Cité Ouest,
Atlantide

Vaiata et Naïs étaient consignées dans leur logement, à la suite du retard d'une bonne quinzaine de minutes survenu lors de leur dernière plongée. Et il en était de même de leurs amis, Âvdèl et Océane, reclus dans les Communs. Cette sanction était perçue par certains de leurs proches comme étant beaucoup trop sévère, puisqu'elle s'étendait sur une semaine complète. Mais cela n'affectait pas vraiment nos héros, surtout la jeune Cornwall. Cette suspension de corvées et de cours lui permettrait, en réalité, de travailler un peu plus sa concentration et sa mémoire. Elle se rappelait certains événements, certes, par exemple celui d'avoir effectivement monté ces fameuses marches de pierre avec son frère et Audric. Elle se rappelait également que leur ascension avait été longue et fatigante avant d'arriver à une lourde porte, qu'elle voyait très distinctement. Après cela, ses souvenirs devenaient confus. Elle discernait bien une salle des machines et un interminable corridor plongé dans l'obscurité, mais elle ne parvenait pas avec exactitude à replacer ces scènes, qui finissaient par s'entremêler. Elle ne parvenait pas non plus à les situer, à deviner où elle se trouvait.

Certaines images lui revenaient sans cesse, sans qu'elle puisse les comprendre dans leur ensemble, comme cette étrange porte qui apparaissait et disparaissait. Mais ce qui l'impressionnait le plus était cette obsédante vision de Poséidon. Elle voyait clairement dans son esprit le dieu des océans, leur père commun. Un homme grand et fort qui se dressait devant elle dans une attitude très menaçante. Elle le détaillait, mais elle ne parvenait pas à comprendre avec précision l'avertissement qu'il semblait lui destiner ni où elle se trouvait.

Celle qui ressemblait à Mary Poppins, Mme Gloguen, demeurait presque en tout temps avec les deux filles. Elle les suivait même dans leur chambre à coucher, où pourtant elle n'était pas autorisée à entrer sans invitation. Elle demeurait là, immobile, le visage impassible et si dénué de vie.

Vaiata et Naïs auraient aimé pouvoir discuter des mille et une choses qui les préoccupaient, mais c'était impossible. Elles devaient se contenter de parler de banalités et de lire quelques romans sans grand intérêt. Elles envisageaient cette longue semaine avec une certaine appréhension. Ne pouvant rien faire, elles s'imaginaient, avec ennui, qu'elle n'en finirait jamais.

Elles en étaient à ce triste constat, lorsque la porte d'entrée de l'appartement s'ouvrit à la volée pour aller percuter le mur. Devant leurs yeux totalement ahuris apparurent deux grands gaillards visiblement déterminés : Abrial et Audric.

Pendant une seconde, personne n'osa parler, ni même bouger, figeant ainsi cette scène des plus surprenantes. C'est la singulière Mme Gloguen qui eut la première une réaction face à cette prodigieuse apparition, en émettant des avertissements et un signal sonore aigu. Vaiata poussa un cri, tandis que Naïs s'effondrait, inconsciente.

L'hologramme disparut alors, cessant ainsi son vacarme assourdissant. Abrial se demanda un instant pourquoi la superviseuse venait de se volatiliser aussi subitement, mais cette idée fut rapidement chassée par la vue de ce qui l'entourait. Déjà, Vaiata se jetait à son cou en pleurant, tandis qu'Audric se penchait vers Naïs pour la ranimer.

— Je le savais, je m'en doutais... Je le sentais au fond de moi que tu n'étais pas mort... J'en étais certaine, ne cessait de marmonner

Vaiata à travers ses pleurs, tandis qu'elle serrait de toutes ses forces son jumeau.

Abrial étreignit également sa sœur, avec beaucoup de douceur, et ils demeurèrent ainsi soudés plusieurs secondes à pleurer leurs retrouvailles.

— Elle revient à elle, lança Audric, tandis que Naïs ouvrait de grands yeux en le dévisageant.

— Ce n'est pas vrai, je rêve...

— Non, tu es bien éveillée, ne t'inquiète pas... Nous sommes bien réels, lui répondit le garçon souriant, tout en l'aidant à se relever.

— Mais... entama Vaiata, où étiez-vous ? Oh ! Audric, comme je suis heureuse de te voir... lui décocha-t-elle en s'élançant vers lui.

Les deux amis s'enlacèrent avec bonheur, avant de plonger leur regard l'un dans l'autre.

— Je suis si heureuse de te revoir... J'avais tant de choses à te dire, débuta Vaiata, en pleurs. Audric...

Le jeune Copper la regarda un instant avant de répondre :

— Moi aussi.

Le garçon plaqua ses lèvres sur celles de la jeune fille, tandis qu'Abrial jetait un regard timide à Naïs, qui secouait la tête.

— Eh, bien ! moi qui pensais que notre journée allait être ennuyante ! conclut-elle, en plaisantant.

La jeune femme se dirigeait vers le bureau situé au dernier étage de la Tour centrale. Elle savait parfaitement que l'homme s'y trouvait. C'était dans ses habitudes et c'était toute sa vie. Elle le connaissait de longue date, mais bien des années s'étaient écoulées depuis leur seule et unique rencontre. Elle se rappelait clairement ce dernier jour de novembre. Le ciel était gris et le soleil rouge ; une tempête géomagnétique s'annonçait. Ses parents se trouvaient au salon, et elle découvrait avec ravissement les lieux où elle allait dorénavant vivre. Elle venait d'arriver à Terra Nova après avoir quitté l'île de son enfance, Atlantide. Un monde nouveau s'offrait à elle, un monde rempli de promesses.

Ses parents lui avaient également appris qu'elle avait une famille, des oncles et des tantes, et que justement, ce jour-là, son oncle Théo devait passer les voir. Il n'était pas encore Maître suprême de la Communauté à l'époque, mais uniquement officier. Elle se rappelait également le profond malaise qu'elle avait alors ressenti en apercevant l'individu austère. Cette première impression ne l'avait jamais quittée. Cette rencontre, se rappelait-elle, avait rapidement dégénéré. Bien vite, son père et ce fameux Théo en étaient venus à se disputer, jusqu'à ce que son père jette son frère à la rue en claquant la porte derrière lui. La voyant consternée par ce qui venait de se passer, son père lui avait alors dit:

— Tu peux oublier cet incident malheureux, ma biche; en réalité, cet homme n'est rien pour toi. Il ne fait pas partie de notre vie et il ne le fera jamais. Oublie-le, il ne t'apportera que du mal.

Telles furent les seules paroles dites pour conclure la scène qui venait de se jouer. Aujourd'hui encore, elle en ignorait les causes.

Mais pour elle, cela n'avait pas d'importance, puisque ces discordes ne la concernaient pas. Elle venait à sa rencontre pour autre chose, une chose si importante qu'elle était prête à se réconcilier avec son oncle. La femme pensait que celui qui gouvernait les Terranoviens ne devait pas, au fond de lui, être aussi méchant qu'on le prétendait. À ses yeux c'était impossible, puisqu'il œuvrait pour la population de Terra Nova et que depuis qu'il était en poste, il avait fait beaucoup pour la cité. Un homme qui se dédie ainsi à sa communauté ne pouvait qu'être bon, pensait-elle naïvement.

Elle entra dans le bureau désert, étonnée de ne pas trouver de gardes à la porte. Regardant autour d'elle, la femme se décida pour un fauteuil près de la baie vitrée. La vue était spectaculaire avec ces lumières solaires qui illuminaient avec douceur la cité. À travers le dôme qui recouvrait la cité, elle pouvait apercevoir les étoiles. La nuit était claire. Les nuits de Terra Nova étaient aussi actives que ses jours, mais elles étaient totalement différentes, comme si l'obscurité enveloppait les bruits et l'infernale cadence de ses activités.

Elle patienta ainsi une bonne heure, totalement absorbée par la vue extérieure, lorsqu'elle entendit enfin arriver l'homme qu'elle attendait.

— Bonjour Théo! lança-t-elle tant pour l'avertir de sa présence que pour le saluer.

Théo McLess demeura un instant figé, tout en scrutant attentivement la femme qui se trouvait maintenant à quelques pas de lui. Ces petits yeux noirs n'exprimaient rien d'autre que le questionnement. Il la reconnaissait, c'était évident, elle ressemblait tellement à sa mère, mais ce n'était pas la joie de la revoir qui l'animait, plutôt et uniquement la volonté de connaître les raisons de sa présence.

— Medeline, dit-il enfin, que fais-tu ici?

La femme se sentit soudain fort mal à l'aise. Elle s'était attendue à autre chose. Mais à quoi, en vérité? Elle n'en savait trop rien.

Passant outre ses propres sentiments, elle se souvint alors des raisons l'ayant poussée à venir rencontrer son oncle.

— Bonjour, oncle Théo. Je... je ne sais... heu! bon, je n'irai pas par quatre chemins, car je me doute que tu es très occupé...

— Oui, viens-en au fait, je te prie. D'ailleurs, comment as-tu pu pénétrer ici?

Medeline Scilly secoua la tête.

— Il n'y avait personne lors de mon arrivée... laissa-t-elle tomber, confuse, et de plus en plus mal à l'aise de l'attitude si peu avenante du proconsul.

— Je suis venue te demander un service... poursuivit-elle avec crainte.

Théo McLess plissa ses petits yeux noirs jusqu'à ne laisser paraître que deux fentes.

— Quel service? demanda-t-il du bout des lèvres.

— Heu! oui... Voilà, tu dois savoir que je viens de donner naissance à mon premier enfant. Il s'appelle Loïc...

— Hum!

— Il est splendide, tu sais...

Mais l'homme ne l'encourageait pas à continuer dans ce sens. Son détachement évident et glacial ne faisait qu'accroître le sentiment d'embarras de la jeune mère. Retrouvant son courage à l'évocation de son fils, elle inspira à fond, avant de se lancer tout de go dans ses explications.

— Je voulais te demander un service, reprit-elle. Celui de m'autoriser à accompagner une équipe de nuit lors d'un prochain anniversaire... Je sais que c'est contre le règlement et qu'aucun Terranovien, en dehors des équipes spécialisées, ne peut se rendre sur Atlantide, mais je te le demande comme une faveur... J'ai tant besoin de le voir et de le prendre dans mes bras... Je survis difficilement, depuis qu'on me l'a enlevé. Juste une fois, je t'en prie..., oncle Théo, je t'en prie...

Le proconsul la détailla un instant. Une expression de dégoût semblait animer son visage. Tranquillement, il fit le tour de son bureau, derrière lequel il prit le temps de s'asseoir. Pensif, il pianota du bout des doigts sur le meuble ancestral.

— Je ne peux rien faire pour toi, Medeline... La loi est la même pour tout le monde. Tu te feras à son absence comme toutes les mères de notre cité... Crois-tu être la première à me demander ce genre de service ?... Rentre chez toi auprès de ton mari et sois heureuse de ce que la cité t'offre, au lieu de gémir sur ton sort.

Le ton était retenu, mais haineux. Medeline sentit des larmes couler sur ses joues. Elle se rappela, peut-être trop tard, les paroles de son père face à Théo McLess : « C'est un homme dépourvu de sentiments. N'aie jamais à le croiser, car il se fera un devoir de te détruire... »

Elle le fixait attentivement et ses yeux, peu assurés, cherchaient, au-delà de ses paroles, un quelconque signe d'encouragement. Mais rien, le proconsul la fixait à son tour, sans rien ajouter.

— Est-ce tout ? demanda-t-il enfin. J'ai beaucoup à faire...

Medeline s'avança d'un pas, hésitante. Elle cherchait quoi dire, mais rien ne sortait de sa bouche. L'homme en face d'elle la regardait comme si elle était une pure étrangère. D'ailleurs, n'était-ce pas ce qu'elle était, une étrangère, pour cet homme dépourvu de vie privée ?

— Tu es un homme cruel... Mais ton règne s'achève. Bientôt, les rues de notre cité retentiront des rires de nos enfants...

Sans rien ajouter, elle sortit de la pièce en courant.

Théo McLess regardait la porte par laquelle sa nièce venait de partir. Rien dans son regard ne trahissait le moindre sentiment ni le plus vague regret, à croire que cet entretien n'avait jamais eu lieu.

Il activa le rapport qu'on venait de lui remettre pour le parcourir d'un regard un peu absent, lorsque ses yeux captèrent une information. Il releva la tête de son dossier pour fixer le vide devant lui. Les dernières nouvelles n'étaient pas celles qu'il escomptait. De sa main, il effleura son poste de commande.

— Trouvez-moi Uilliam Guerlédan, se contenta-t-il de dire, avant de se diriger vers son point d'observation préféré, l'immense fenêtre qui surplombait la ville.

La nuit présentait un autre aspect de Terra Nova, une autre vision des choses, et soudain, le Maître suprême eut non pas l'intuition, mais bien la certitude qu'elle serait porteuse de grands changements. Théo McLess voyait devant lui les événements prochains qui viendraient ébranler sa tour d'ivoire. Il pressentait sa fin.

CHAPITRE 12

*Bulletin spécial d'informations de la
station principale de Terra Nova*

« ... selon les dernières informations reçues, il semble que le groupe de rebelles qui se fait appeler les Vindico soit parvenu à constituer une résistance assez importante pour renverser le gouvernement. En effet, appuyé par des personnalités aussi importantes que le *magister* Hugh Sligeach, la docteure-généticienne Mila Éireann, le patricien Hadrian Cornwall et bien d'autres, le groupe mené par une femme qui se faisait appeler Ingenua, et dont l'identité réelle est Mia McCord, aurait amassé les preuves nécessaires à la destitution du proconsul Théo McLess.

« Selon cette organisation, le Maître suprême connaissait depuis plusieurs années certains faits importants sur la réinsertion de nos jeunes Atlantes dans notre milieu de vie. Selon toute vraisemblance, et d'après les preuves matérielles recueillies, nos enfants auraient depuis plus d'une décennie acquis les résistances nécessaires à leur survie dans notre milieu terrestre. Les témoignages les plus concluants quant à ces affirmations sont sans conteste l'arrivée depuis une dizaine de jours d'Atlantes que le proconsul aurait tenté de faire disparaître, ainsi que la découverte de quarante-trois enfants nés ici même sur le continent. (Les images tridimensionnelles montraient Marélie sur les épaules de son père, suivis d'Erin, de Cyricus et d'un groupement de jeunes qui offraient des fleurs fraîchement coupées à la population, tétanisée).

« Toujours selon nos informations, ces jeunes vivent depuis leur naissance dans les zones interdites et, d'après les données fournies par les spécialistes ici présents, ils sont en parfaite santé. Les revendications des Vindico sont claires : abolir les lois interdisant la présence des enfants à Terra Nova et exiger le renvoi immédiat du Maître suprême Théo McLess.

« Signalons également que ce renversement de pouvoir s'accompagne d'un premier geste significatif pour les Vindico : la libération de l'officier suprême Andrec Owney, emprisonné après avoir été accusé d'appartenir à ce groupe de dissidents... »

L'hologramme de la présentatrice de nouvelles vacilla légèrement. Ronan en profita pour couper le son, avant de se tourner vers ses compagnons.

— Nous avons réussi ! s'exclama-t-il.

— Il est encore trop tôt pour crier victoire, le corrigea Ingenua, qui maintenant se promenait le visage à découvert, réintégrant ainsi sa réelle identité, celle de Mia McCord. Nous devons mettre la main sur Théo McLess et sur Uilliam Guerlédan, qui ont, je vous le rappelle, disparu depuis la nuit dernière. Et nous devons faire venir les enfants d'Atlantide. Cette dernière manœuvre finira de convaincre les Terranoviens...

Brayan McCord s'approcha de sa femme avant de passer son bras autour de ses frêles épaules. Leurs regards se scellèrent.

— Oui, tu as raison ! Tant que les enfants ne circuleront pas librement dans les rues de la ville, plusieurs crieront au coup monté. Nous devons aller les chercher... D'ailleurs, il me tarde de retrouver notre petite Mari, conclut-il en fixant sa femme avec tendresse.

— C'est pour enfin connaître ce jour que je me suis battue avec tant d'acharnement ces derniers mois, laissa tomber dans un murmure la femme du capitaine de la Garde. Pendant un instant, elle repensa à sa rencontre avec son mari, plusieurs heures auparavant. La discussion n'avait pas été facile. Elle avait dû lui faire comprendre que toute son implication dans le groupe des rebelles n'avait été dictée, en réalité, que par son besoin viscéral de retrouver sa fille. À partir du jour où elle avait appris que les enfants pouvaient vivre en sécurité à Terra Nova, elle n'avait plus vécu que pour cela: rendre aux enfants leur liberté et leur permettre de vivre à leurs côtés.

Le brouhaha des conversations la ramena à la réalité. Sans perdre de vue la bataille qui se jouait, elle s'imposa encore une fois en tant que chef des rebelles, rôle qu'elle endosserait jusqu'à la fin, jusqu'à ce que sa propre mission soit remplie.

— Je propose, dit-elle avec assurance, de diviser nos recherches. Nous devons mettre la main sur les deux fugitifs et faire venir les enfants, et cela rapidement. Tout doit se jouer dans les heures à venir, sinon il sera trop tard.

— Ingenua, Ingenua..., entendirent-ils. Les hurlements venaient d'un des couloirs qui menaient au bureau où ils s'étaient regroupés, soit celui de Théo McLess, lorsqu'un rebelle entra en courant, essoufflé.

— Aux quais... dit-il essoufflé, les enfants... les enfants sont aux débarcadères, aux quais, finit-il par dire.

— Quels enfants? le houspilla Mia.

— Les Atlantes! laissa enfin tomber le jeune, le sourire aux lèvres et les yeux remplis d'espoir.

Mia fit le tour du bureau ancien pour activer le poste de commande. Après quelques essais, une image tridimensionnelle des quais apparut devant leurs yeux.

Des raies manta émergeaient une par une, pour accoster avec douceur. Debout devant ces navettes, deux garçons et deux filles aidaient les jeunes à sortir des engins. Abrial, Vaiata, Audric et Naïs attrapaient dans leur bras les plus petits, qu'ils déposaient sur les quais.

Mia se mit à rire. Des larmes perlaient à ses cils, sous les regards également attendris de son mari, des Cornwall, des Copper et des Gueldre.

— Vite aux quais, lança-t-elle. Allons accueillir nos héros.

Terra Nova, débarcadères sud,
le 4 juillet 2079

Alertés par la rumeur, les parents arrivaient en masse et à un rythme effréné sur les quais. Des cris, des larmes de joie et des hurlements fusaient de partout. Sitôt les navettes raies manta vidées, elles repartaient en direction d'Atlantide pour aller chercher d'autres jeunes qui attendaient sagement de faire ce grand voyage. Une grande confusion régnait dans cette

partie sud de la cité, et les enfants encore abasourdis par les événements, patientaient en
attendant la suite. Certains pleuraient tandis que
les plus jeunes, totalement apeurés par cette
masse d'adultes qui couraient partout, se cachaient derrière les plus vieux.

Mais rapidement, l'arrivée du capitaine de
la Garde secondé de ses hommes ramena le
calme. Aidés des parents de nos héros, ils se
partagèrent des listes où étaient soigneusement
notés les noms des enfants et de leurs parents.
La situation qui, dans un premier temps, avait
semblé complètement chaotique, retrouvait peu
à peu un semblant d'ordre.

L'arrivée surprenante et absolument
inimaginable d'Abrial et d'Audric sur l'île avait
provoqué de grands remous. Mais les deux garçons étaient parvenus à gérer la situation, et
après avoir longuement expliqué aux jeunes
Atlantes ce qui les attendait et ce qu'ils allaient
découvrir, ils avaient procédé aux embarque-
ments. Grâce aux connaissances et à l'instinct
d'Audric, ils étaient même parvenus à se servir
des ordinateurs de la salle de plongée qui se
trouvait sous la Montagne Sacrée afin de capter
les événements qui se déroulaient sur Terra
Nova. C'est ainsi qu'ils avaient appris la décon-
fiture du proconsul et de son conseiller,
Guerlédan. Ils avaient ainsi compris qu'ils

pouvaient enfin rentrer chez eux. Devenus seuls maîtres des décisions à prendre, ils organisèrent aussitôt l'évacuation de l'île. Les plus vieux devaient aider les jeunes et quelques-uns étaient responsables des nouveau-nés.

Medeline Scilly, accompagnée de son mari, se trouvait également parmi les parents qui s'impatientaient de retrouver leurs enfants, lorsqu'elle vit une jeune fille de 15 ans sortir d'une des raies manta avec un poupon dans les bras. Sans attendre d'être appelée, elle sut d'instinct qu'il s'agissait là de son enfant. Elle sortit des rangs pour s'élancer vers l'adolescente qui lui remit, après quelques vérifications, son Loïc. Medeline se laissa guider par Mirin en retrait de cette gigantesque foule et là, enfin seuls, ils se mirent à pleurer de bonheur d'avoir retrouvé enfin leur petit.

Mia s'occupait de tout le monde avec énergie et sa présence était sollicitée partout sur les quais. Fréquemment, elle jetait un regard vers les nouveaux arrivants, cherchant avec espoir sa propre fille. Celle pour qui elle avait affronté vents et marées, celle pour qui elle avait entrepris cette incroyable et gigantesque croisade. C'est alors qu'elle la vit. Brayan venait dans sa direction, tenant dans ses bras musclés une minuscule fillette de 5 ans. La gamine, à la frimousse espiègle, ouvrait ses grands yeux verts

185

sur ce qui se passait autour d'elle. Elle ne paraissait pas effrayée, mais plutôt curieuse. Le capitaine de la Garde s'arrêta devant la chef des rebelles. La petite Mari la dévisagea attentivement avant de tendre ses petits bras vers elle, comme si, d'instinct, elle reconnaissait sa mère.

Mia la recueillit dans ses bras comme on reçoit un cadeau inespéré. Elle fondit en larmes en serrant sa Mari. Brayan les enlaça toutes les deux de ses larges bras et, pendant un instant, ils se retrouvèrent coupés du monde. Seuls à trois.

McCord observait sa femme et sa fille, totalement attendri par ce spectacle, lorsqu'il croisa le regard de Ronan, qui lui fit comprendre d'un hochement de tête qu'ils n'avaient toujours pas arrêté l'ancien proconsul Théo McLess et son conseiller Uilliam Guerlédan. Le capitaine de la Garde fronça les sourcils et une certaine inquiétude se peignit sur son visage. Mais rapidement, l'effervescence du moment chassa ses préoccupations. Il aurait bien le temps plus tard de reprendre ses recherches. Il finirait bien par débusquer McLess et Guerlédan de leur cachette.

À l'un des bouts du quai, le patricien et sa femme s'approchèrent d'Abrial, Vaiata, Audric et Naïs, qui continuaient de diriger avec efficacité l'arrivée des raies manta. Sans rien dire, le patricien posa sa large main sur l'épaule de son fils, qui se retourna en sursautant.

— Je devrais sévèrement te punir de t'être ainsi enfui pour partir à l'aventure dans de si graves instants, lança-t-il d'un ton bourru.

— Mais père, nous ne pouvions demeurer inactifs en attendant la suite des choses... répondit Abrial avec assurance. Vaiata comptait sur moi...

Hadrian le regarda une seconde avant de laisser transparaître un sourire qu'il peinait à retenir.

— Oui, et vous avez bien fait... Tu es, vous êtes, rectifia-t-il, de vrais héros et nous sommes tous très fiers de vous...

Mia, Brayan et leur petite Mari, ainsi que les Copper et les Gueldre les avaient rejoints. Audric tenait Vaiata par la main et Abrial, qui portait Marélie dans ses bras, fit un sourire timide à Naïs. La journée s'annonçait merveilleuse et l'avenir magnifique.

Les Atlantes avaient retrouvé leur place parmi les hommes et Poséidon, dernier dieu d'un panthéon oublié, dernier survivant d'une très longue fable, commençait à disparaître des esprits.

— Mais dis-moi, papa, malgré toutes les réponses que nous avons découvertes, malgré tous ces gens que nous avons rencontrés, une question demeure.

Hadrian regardait son fils, attentif à sa demande.

— Qui sont ces messieurs Jules Verne* et Heinrich Schliemann* qui nous ont guidés jusqu'à vous et quand allons-nous les rencontrer ?

L'assemblée éclata de rire devant le regard étonné des jeunes Atlantes.

PERSONNAGES

Des noms prédestinés et inspirants

Pour écrire cette trilogie, j'ai choisi
volontairement des noms ayant certains
liens avec l'eau et la mer, ou alors des noms
en résonance avec le caractère du
personnage :

Abrial : d'origine méridionale, signifie « né en
avril ».

Adria (sœur de Coralie) : vient de la mer
Adriatique ; ce nom d'origine arabe signifie
« pureté et amour ».

Alizée (mère d'Audric) : féminin d'alizé, nom
d'un vent soufflant de l'Est, sur la partie
orientale du Pacifique.

Audric : d'origine germanique, se traduit par
« audacieux et puissant ».

Ausias (remporte la Palme d'orichalque) :
d'origine biblique, Ozias.

Ava (mère de Vaiata et Abrial) : d'origine
hébraïque, se traduit par « je désire ».

Âvdèl (ami des enfants Cornwall) : d'origine
hébraïque, se traduit par « serviteur de Dieu ».

Brayan (capitaine de la Garde) : nom d'origine
celte qui signifie « noblesse, élévation ».

Coralie (amie de Vaiata) : d'origine anglaise, « fille
de la mer », ou celte « amie ». Pourrait également
venir du mot « corail », en anglais, *coral.*

Cyricus : d'origine latine, signifie « trois saints ».

Éireann : veut dire irlandaise, en gaélique.

Enora : Enora est la forme bretonne du prénom
irlandais Honora, qui veut dire « noble ».

Erin : d'origine gaélique, se traduit par
« fertile ».

Erwan (père de Naïs) : forme bretonne d'Yves,
qui est d'origine germanique.

Gloguen (Madame, la superviseure) : d'origine bretonne, signifie « à la peau brillante, satinée ».

Gwen (principal compétiteur de Vaiata) : d'origine celte, signifie « blanc, pureté ».

Hugh : vient d'un nom ancien *Aodh*, qui veut dire feu. Hugh se prononçant en irlandais *hue*.

Ingenua : femme libre, en latin.

Irian : *Irian Jaya*. Nom donné à la Nouvelle-Guinée par les Indonésiens, qui en possèdent la moitié occidentale.

Liam (père d'Audric) : diminutif de William, nom écossais.

Maïa (sœur de Coralie) : d'origine hébraïque, signifie « chère, aimée ».

Marélie : signifie « marée ».

Mari (fille de Brayan McCord) : d'origine bretonne, signifie « mer ».

Marine (mère de Naïs) : d'origine française, féminin de marin.

Mia (mère de Mari) : d'origine hébraïque, il signifie « chère, aimée ».

Naïs : signifie « nymphe des fontaines ». Son nom aurait également des origines hébraïques signifiant « grâce ».

Océane (amie de Vaiata) : mot d'origine française, féminin d'océan.

Ronan : vient du gaélique *ronàn*, qui veut dire « phoque ».

Schliemann (Heinrich) : 1822-1890. Archéologue allemand qui, grâce à son entêtement, découvrit l'emplacement des légendaires villes de Troie et de Mycènes.

Sligeach : nom gaélique d'une ville côtière.

Théo : nom d'origine grecque qui vient de *theos*, « dieu ».

Vaiata : d'origine tahitienne, signifie « eau des nuages ».

Verne (Jules) : 1828-1905. Écrivain français. On lui doit sa série *Voyages extraordinaires* comprenant *Cinq semaines en ballon*; *Voyage* *au centre de la Terre*; *De la Terre à la Lune*; *Vingt mille lieues sous les mers*; *Le Tour du monde en quatre-vingts jours* et *Michel Strogoff.*

LEXIQUE

Bill: mot anglais. Projet de loi voté par un parlement (système juridique de Grande-Bretagne). Source: *Le Petit Larousse Illustré*.

Ectoplasme: substance qui se dégage du corps de certains médiums et dont la matérialisation éphémère formerait des parties du corps humain. Source: *Le Petit Larousse Illustré*.

Intérim: temps pendant lequel une fonction est remplie par un autre que par le titulaire. Par intérim: pendant l'absence du titulaire; provisoirement. Source: *Le Petit Larousse Illustré*.

Léviathan: monstre biblique évoqué dans le livre de Job mais provenant de la mythologie phénicienne. Son nom désigne un monstre colossal dont on ignore réellement la forme. Il est synonyme de cataclysme terrifiant. Il est le plus souvent représenté sous la forme d'un serpent de mer dont les ondulations provoquent des vagues démesurées.

Magister : mot latin pour désigner un maître.

Quolibet : plaisanterie ironique ou injurieuse lancée à quelqu'un. Source : *Le Petit Larousse Illustré*.

Vindico aliquem in libertatem : (en latin) rendre à quelqu'un sa liberté. Cri de ralliement des rebelles.

Achevé d'imprimer au Canada par
Marquis Imprimeur Inc.